主编 凌翔 当代著名作家美文自选集

青春从此不再迷茫

赵锋散文集

赵锋 著

天津出版传媒集团

天津人民出版社

图书在版编目（CIP）数据

青春从此不再迷茫：赵锋散文集 / 赵锋著 . -- 天
津：天津人民出版社，2020.1
（当代著名作家美文自选集 / 凌翔主编）
ISBN 978-7-201-15736-8

Ⅰ.①青… Ⅱ.①赵… Ⅲ.①散文集—中国—当代
Ⅳ.① I267

中国版本图书馆 CIP 数据核字（2019）第 280599 号

青春从此不再迷茫　赵锋散文集
QINGCHUN CONGCI BUZAI MIMANG　ZHAOFENG SANWENJI

出　　版　天津人民出版社
出 版 人　刘　庆
地　　址　天津市和平区西康路 35 号康岳大厦
邮政编码　300051
邮购电话　（022）23332469
网　　址　http://www.tjrmcbs.com
电子信箱　reader@tjrmcbs.com

责任编辑　岳　勇
特约编辑　吕　妍
装帧设计　陈　姝

印　　刷　北京楠萍印刷有限公司
经　　销　新华书店
开　　本　710 毫米 ×1000 毫米　1/16
印　　张　13
字　　数　200 千字
版次印次　2020 年 1 月第 1 版　2020 年 1 月第 1 次印刷
定　　价　49.80 元

前言

从 2018 年冬，着手收集近两三年发表的文学作品，准备打印成册，出一本自己的作品集。原以为要不了多长时间，可实际操作起来却不是那般容易。从整理文稿，到请人提名作序，忙忙碌碌中，已是 2019 年春暖花开之时。时间虽然有点漫长，幸在一切工作进展顺利。在这里，非常感谢为作品集题写书名的远村老师以及作序的梁向阳老师和写后记的杨广虎大哥。他们我都不熟悉，但当我冒昧向他们发出添加微信好友的请求后，他们都立即接受，对于我所提出的给作品集提名及写序的请求，他们也欣然接受，更加班挤时，尽早将手稿传发给我，这些令我特别感动。在这里也万分感谢岐山县教育体育局、蔡家坡镇教育督导组以及岐星村党委、村委会和岐星小学各位领导及同仁对我的支持和关爱，感谢关注我文学成长的所有亲友。最后，特别感谢为散文集编排、出版操尽心的解放军报社凌翔老师，可以说，没有他，就不会看到我的散文集。

自初中毕业就读中师起，便沉迷上了文学。那时，晚上宿舍熄灯后，常一手持蜡烛，一手在方格纸上用笔畅写。幸运的是，我投进邮筒的第一篇作品，不久后变成铅字发表在《作文精选》为中师学生首设的栏目。从此，到处会发现耳朵别着一支笔，双手插在裤兜里一个追梦文学的少年身影。那时，只想见人所未见，发人所未发，写出人人心中皆有，而人人笔下俱无的作品。

中师生涯，文学收获颇丰，凡是投进邮筒的作品——变成铅印文字闪现在各类报刊。"成名、成家"，在文学的天地，打造一片属于自己生机盎然的白桦林，成为我苦苦追寻的文学梦。

遗憾的是，成家立业后，写作兴趣骤减，写作灵感也随之消失，在崎岖漫长的文学道路上，我充当了逃兵。2017年2月，随着国家二胎政策的放宽，小女儿降生后，我的写作灵感又突然闪现，为了寻回20多年前那个轻狂率真的文学少年，为了修复曾经辉煌灿烂的梦想，封笔10余年后，我再次提笔而作，用文字畅写人生。

当我这名曾经的逃兵重返文学大军的队伍时，已被远远甩在身后。幸运的是，不论是文学界的前辈还是后起之秀，都没有鄙视我这个逃兵，让我的文学之路重新洒满了和煦的春光。很感谢各位亲朋对我的鼓励、支持和关照，同缘于对文学的痴迷和追求，我结识了许多陌生的朋友，也得到了许多主编的厚爱，令拙作散见于各类刊物、平台。你在海角，我在天涯，缩短我们之间距离的就是那感人的文字。我未曾见过你，你也不曾见过我，增进我们之间情感的还是那朴实的文字。感谢文学，让你我之间从此不再有距离。感恩遇见，生命之冬从此不再有严寒，我的青春从此也不再迷茫。

——2019年4月16日

飞翔的轨迹

——赵锋文学作品集《青春从此不再迷茫》序

厚夫

2018 年 12 月 18 日，在"庆祝改革开放四十周年大会"上，中共中央、国务院以"鼓舞亿万农村青年投身改革开放的优秀作家"授奖词，授予我国当代已故著名作家路遥"改革先锋"。事实上，就新时期以来的文学影响而言，没有一位作家能与路遥相比，路遥获此殊荣也是名至实归。因为他建构的"文学灯塔"，照亮了亿万读者前行的道路。

我这里所推荐的赵锋先生，当年就是深受路遥文学精神所鼓舞、所影响的亿万城乡青年中的极其普通的一位。

身为小学老师的赵锋是路遥的铁杆粉丝，笔名叫"追忆路遥"，他是位二十世纪九十年代初就开始作起瑰丽文学梦、并开始文学创作的基层作者。当然，说他是位狂热的"基层业余作家"也并不为过！赵锋在《追忆路遥》中详细回忆了他在上初中时因喜欢《平凡的世界》而给著名作家路遥写信的故事。那封抱着试试看态度寄出的信，"谁知没多久我收到了他的回信，信很短，只是鼓励我好好学习，但是当时带给我的兴奋，我至今无法用笔表达。"看到这段文字后，我专门与赵锋核实细节。赵锋明确告诉我，路遥是1991年秋回信，后因多次搬家疏于保存，已经找不到信的原件了，但他以人格保证确有其事。我想，以路遥的性格与处事方式会写这封回信的。1991年秋，也就是路遥《平凡的世界》荣获第三届"茅盾文学奖"的后半年，身染沉疴的他彻底生活在"鲜花与掌声"中了：陕西各界纷纷邀请进行文学讲座，他还要应付各种文学访问；当然，他也开始撰写六万字的创作随笔《早晨从中午开始》了……就在这般百忙之中，路遥居然能给一位好学向上的初中生回信，这简直不可思议！根据我掌握的研究资料来看，这封信也应是路遥后期给年龄最小的文学爱好者的唯一一封回信。那么路遥为何要给这位充满激情的中学生回信呢？我以为应该有两方面的原因，一是这位向上好学的初中生的来信触动了路遥最敏感的心绪，他会想到《在困难的日子里》的马建强、想到《平凡的世界》里的孙少平，也会想到自己的青春过往；二是作为一位有良知的大作家，他发现这孩子的长处与短处，必须给这位初中生以正确的人生引导……事实上，还有个细节不容忽视。即在路遥病逝后，时任陕西省作家协会党组书记的赵熙老师"受托寄给我的《平凡的世界》完整的三部及路遥绝笔《早晨从中午开始》，我迷蒙的双眼已看不清书上的大标题，虽然这是一个迟到的转赠"。赵熙老师转赠《平凡的世界》与《早晨从中午开始》，说明这有可能是路遥在病重时"委托"的，抑或赵熙看到路遥身后的某些文字后的主动行为？这些推测均需有准确的事实证据来支撑。故事至此，还未结束。赵锋中师毕业分配到小学任教后，"曾在学校创建了《浪花》文学社，并特邀赵熙老师担任文学顾问，很感谢赵老师多次给文学社主刊《浪花》小报和学生的习作进行指导，给出了难得的修改和提升意见"。其他不论，单就路遥给初中生回信这件事来看，本身就构成路遥研究的重要话题；何况还有赵熙老师的加入，这更成为陕西文坛的一段佳话！陕西当代文坛之所以人才辈出，一个重要原因就是薪火相传，成名作家都会不遗余力地帮助那些幼小的文学苗子——不管日后能否长成文学栋梁！

赵锋于1993年考入凤翔师范学校，彻底变成一名狂热的文学青年，经常能把文章变成铅字。中师毕业后，赵锋分配到宝鸡的一所小学任教，仍痴迷于文学创作，每次领到稿费很是激动。他还组建了小学文学社，并邀请著名作家赵熙担任文学社顾问。倘若按照这个路子走下去，他应该是位很有出息的文学青年，在文学的舞台上会有一番作为的。然而，成家立业后，"写作兴趣骤减，写作灵感也随之消失，在崎岖漫长的文学道路上，我充当了逃兵。"这样，他就有十多年的封笔期，直到2017年小女儿降生后，才又重新提笔创作。为此，他很长时间自责自己是个文学"逃兵"。

文学是理想的同义词；有文学梦想的人，也一定是位有人生理想的人。赵锋回归文学书写，就是回归理想人生。因此，这部《青春从此不再迷茫》作品集也应该视为他重新提笔后的文学表达。我的感觉，这部凝聚着作者文学心血的作品集，也是他文学飞行的记录仪，某种意义上拥有承载其个人文学成长档案的基本功能。

因为长期从事小学教育工作，赵锋作品的叙述视角也基本是小学教师的视角，大都记述自己教师生涯的种种情与思，其中的几篇散文我印象极深。《改变人生的一堂课》，记述他十年前上过一节课的叫刘辉的学生春节期间来看望作者，勾起作者对往事回忆——作者正在参加全乡小学教师教赛活动上课时，班里的捣蛋鬼、全校最有名的调皮大王刘辉同学从窗外跳进教室，顿时引爆了紧张的空气。这时的作者足智多谋、冷静处理，既化解了危机，也因势利导纠正了刘辉同学的错误。十年过去了，刘辉也在中师毕业，成为一名光荣的小学老师，在差生的转化帮扶上颇有点子，效果也非常明显，被评为"镇级优秀教师"。十年前的"一堂课"，改变了一个人的人生。这样，作者自然由事及理，引发深思："现实中，刘辉是幸运的，可谁能料想，也许会因我们做老师的不公平与歧视，抹杀了多少个昔日同刘辉一样调皮捣蛋而今日却不同于刘辉的学生。在众多老师的心中，优生就像鲜花一样芳香迷人，而差生却像小草一样默默无闻。然而可曾细想，小草和鲜花同样需要阳光。"我以为，这篇叙事散文所讲的故事完全可以认定为小学教育中因材施教的鲜活案例，也完全有资格编入一些讲述教学法的书籍中。《欣赏别人，不如相信自己》，也是讲述作者如何因材施教、善于利用"夸奖"武器鼓励一位叫孙莹的学生的。到结尾，作者也是由事及理："'欣赏别人，不如相信自己！'我会一直用这句话去鼓励我的学生，我会用孙莹从丑小鸭演变成白天鹅的真实事例去鞭策、教育每一位学生。"还有一篇《又闻槐花香，难忘槐花情》是因槐花飘香的季节，勾起对二十年前刚走上讲台一个往事的回忆——自己因心事烦乱，呵斥了一位给自己送槐花饭的学生的事情；当明白真相后，自己陷入深深的自责与愧疚。这段情感，一直伴随着作者走过二十多年的小学教师生涯，令他警醒……

散文贵在真实，写真人、叙真事、抒真情。散文作者创作的过程，更是自我梳理、深化思想的过程。这部作品集中的短篇小说与诗歌，也基本上是以教师为视角来展开故事进行抒情的。一读这些作品，也完全明白作者的教师身份。教师的特殊性在于他既要"传道、受业、解惑"，更要"学高为师，身正为范"，时时刻刻起到模范带头作用。赵峰的这些散文，也完全可以看成是一位普通教师人格情操的外化方式。

鸟儿因为有翅膀才能飞翔，而飞翔的高度与长度则是由鸟儿的基本形态所决定的。文学创作也是一样，作家的飞翔高度与长度也是由诸多因素所决定的。搞文学创作，搞出名堂来固然重要，但对于大多数普通作者来说，文学创作更是自身修为与自我提升的重要方式。赵锋重拾文学创作的行动很好，小学老师会写文章，又能在外面的报刊上发表，这对于小学生潜移默化的引导作用该有多大啊！赵锋的这些作品，既可以当作一位长期在乡村教育战线打拼的小学老师的人生情思的展示，也可以视为引导学生、教育学生如何做人、做事、作文的"下水作文"！

尤其值得点赞的是，赵锋中师毕业二十多年来，仍坚持在小学的人生舞台上兢兢业业地教书育人，仍坚守自己的初心，这里面应当有文学梦想做出的贡献。我还了解到，赵锋的父亲与爷爷当年也均是乡村教师。像这样一家三代人在我国乡村教育事业上默默奉献的家庭，我们也应该表达由衷的敬意！

是为序。

作者简介：厚夫，本名梁向阳，1965年生，陕西延川人，陕西省作家协会副主席，延安大学文学院院长、教授。著有《路遥传》《重回历史现场看文学现象》《走过陕北》《心灵的边际》等。

目　录

第五辑　泪在中秋的细雨中纷飞

第六辑　诗歌天地

第一辑　改变人生的一堂课

改变人生的一堂课

春节期间，我的学生刘辉来看望我。在我的记忆里，我仅仅给他上过一节课，然而我万万没有想到的是，就是这仅有的一节课，却改变了他的整个人生。

那是十年前，从师范毕业走上讲台不久的我，代表学校去参加全乡小学教师赛讲活动。我参讲的是四年级语文，当时有各小学校长及乡上几个教育界权威人士听我的课。

当我刚把课题写在黑板上，转身准备讲授新课时，突然从教师前排打开的窗户中跳进一个学生，这突发的一幕让我一下子愣了，教室的空气也骤然凝结了，不知谁说了一句"这是我们班的捣蛋鬼，全校有名的调皮大王刘辉。"凝结的空气刹那间又沸腾了，下面传来了七嘴八舌的评议，"老师，刘辉可坏了，时常欺负我们。""老师，刘辉时不时趁老师讲课不注意时，从窗户跳出去逃学。"我用手势止住了学生们的议论，"同学们，你们可发现今天的刘辉与过去相比，有什么变化？"学生们你瞧瞧我，我瞧瞧你，然后均摇摇头。面对惑然不解的学生，我微笑着说：

"你们没有发现，我可发现了。刘辉同学先前是逃学，是从教室的窗户由里向外跳，说明他厌学。可今天他却是从室外跳进室内的，说明他想学习。从不想学习到想学习，是不是进步呢？""是"学生们异口同声回答。望着红着脸低下头的刘辉，我接着说："刘辉同学，你今天有进步，值得表扬，可你的做法是错误的，你知道怎么改正吗？"刘辉点点头走向室外站在教室门口喊了一声"报告"我让他走进教室，并当着全体师生的面说："从今天来看，刘辉同学是一名知错就改，懂礼貌、有上进心的好学生。让我们为他的进步鼓掌。"在雷鸣般的掌声中，刘辉坐到了他的座位上，我也随之开始了讲课。每次提问时，我发现刘辉的手举得特别高，我就多次点名叫他，他每次回答都很正确。下课后，我提议根据本节课的表现，让全体学生选一名红花少年。大家都一致推选刘辉同学，我便剪了一朵小红花奖给了他，希望他好好学习。

一晃十年过去了，站在我面前的刘辉已由往日的顽童变成一位腼腆的小伙。他深情地说："赵老师，您当初的一节课改变了我的一生。您不清楚，我自小因父亲好赌，母亲弃家远走，随后哥哥因盗窃罪被关在监狱。无人管教的我想学好，可小伙伴却歧视我、侮辱我。我只好用拳头来报复他们，这样才使我的个性越来越野。上学后，老师和同学们都瞧不起我，我就故意捣蛋，所以时常遭到老师的批评和父亲的打骂。你那天讲课，我只想再来一个恶作剧，便从窗户跳进教室，可是出乎意料的是您不仅没有批评我，反而表扬了我，令我十分感动，这是我第一次受表扬。后来您又奖了我一朵小红花，令我感动得直落泪！当时我就暗下决心，一定要好好学习，将来做一名像您那样的老师，将更多的爱赋予那些缺少温暖、遭受歧视的学生。现在我如愿以偿，初中毕业时选报了中师被录取，现已毕业，在一所偏远的小学任教已有半年。半年来，我特别关心那些差生，想方设法帮他们进行转化。因为如果没有您当初的那一堂课，就不会有今天的我。同样是块铁，有些人会将它炼成钢，有人却使它生锈、氧化，逐渐变成废铁。对于那些差生，纵使不能将他们炼成钢，但起码也不能让他们变成废铁。出于此点，在教学中我对差生的转化帮扶力度特大，也取得了明显的效果，受到了师生和家长的好评，年末结束时我被评为镇级优秀教师。这一切都归功于赵老师您当初的那一堂课。"

刘辉的一番话令我陷入了深深的沉思，没想到当初的一堂课却改变了他的人生。现实中，刘辉是幸运的，可谁能料想，也许会因我们做老师的不公平与歧视，抹杀了多少个昔日同刘辉一样调皮捣蛋而今日却不同于刘辉的学生。在众多老师心中，优生就像鲜花一样芳香迷人，而差生却像小草一样默默无闻。然而可曾细想，小草和鲜花同样需要阳光！

此文曾刊载于 2001 年 6 月 6 日《教师报》

又闻槐花香　难忘槐花情

　　不知是百花对太阳热切的呼唤打动了上苍，还是孩童对太阳苦苦的寻觅感化了老天，它将偷藏多日的春阳恋恋不舍地放归人间。放学后，沐浴着久违的霞光走向春野，去拥抱自然，释放情怀……

　　躺在软软的绿毯似的草坪上，任缕缕金光洒遍全身，此时的阳光既不清淡，也不刺眼，融融的；任轻轻的风拂拭脸颊，细细的；身旁跑过几个放风筝的孩童，欢欢的。"草长莺飞二月天，拂堤杨柳醉春烟。儿童散学归来早，忙趁东风放纸鸢。"好一幅暖阳融心，景美人悦的春画！正细细品味这醉人的春色，忽然空气中飘来一股浓郁的香甜味。多么熟悉、多么难忘、多么诱人的味道！起身顺味而寻，一排排挺立于河堤岸的洋槐树摇摆着婀娜的身姿向我招手，走近树下，新枝绿叶间挂满的串串嫩白的槐花对我点头微笑，记忆随风飘到二十年前刚走上讲台的那个槐花飘香的季节。

　　那是一个细雨绵绵的周六，因离家较远，加之阴雨不停，我独自一人待在学校。乏味无聊中，想蒙头好好睡一觉，谁知刚躺下没多久，门外突然响起了一声"报告"唉，这学生平日里就搅得人心烦意乱，双休日又让人不得安宁。我叹了一口气，没有理会，谁料门外的报告声喊个不停，而且一声比一声响。我的心为之一怒，猛地坐床而起，对外高吼了一声"滚"门外的报告声立刻消失了。

门外的报告声再也听不到，整个校园又浸润在静寂之中，可是我的心却无法平静，再也难以入睡。我为自己刚才粗鲁的做法而深深自责，我怎能对学生狂吼呢？满怀内疚的我揭被下床，想出外透透气，可刚一打开门，我愣住了！门外站着一个学生，他虽站在屋檐下，可雨水已淋湿了他大半个身，雨珠顺着他乌黑的头发不停滚落，看见我出来，他忙从衣襟下掏出一个用蒸布包的严实的包裹递给我说："老师，发现你没有回家，这是我父母特意让我带给你的。"用颤抖的手打开包裹，闪现出一碗香喷喷的槐花饭。眼睛猛地一湿，两行异常酸楚的泪流进嘴里，掉进心底。我清楚，这苦涩的、酸楚的不仅仅是雨水。

时间如白驹过隙，花落花开间，二十个春秋一晃而过。许多记忆已随时间的流逝而变得模糊，但是每逢槐花飘香的季节，我的脑海中总会清晰地闪现出那个屋檐下被雨水淋湿的瘦小身影，总会回味起那碗香喷喷的槐花饭。

较量

他扣我杀，我旋他转，圆圆的乒乓球随着我和学生刘大伟的厮杀在球案上弹来弹去。在此起彼伏的喝彩声、加油声、鼓掌声中，我们俩的对抗赛以 3：0 的结局谢幕。

"老师，虽然我又一次接连三局都输于你，可相比上一次三局都以 0：11 的惨局来说，我这一次明显强多了，过段时间，我们再比一次行不行？"看着刘大伟一脸不服输的样子，我斩钉截铁地说"行，老师就喜欢你这永不言败的斗志。等下次月考，你成绩若再上一个台阶，我们就再比一场。否则，就免谈。""好，我会努力学习，争取下次月考以优异的成绩为自己赢得一次和您拼杀的机会"，望着击掌拉钩后离去的刘大伟，我心中很是欣慰。

刘大伟是我这一学期刚接手的六（3）班班长，同时又兼任我所代的英语课代表。我先前一直未给他代过课，可是他的名气，可以说学校千余名师生无人不晓。年级小小的他，身上罩满了"陕西省红花少年""宝鸡市三好学生"等耀眼的光环，他是老师眼中的好学生、也是家长心底的好孩子、更是学生当中的好标兵。全体学生中，曾一次又一次掀起"向刘大伟学习"的浪潮。

本学期开学，接任六（3）班英语教学任务后，我真正领略到了刘大伟超于常人的优异。他的英语发音极为标准，甚至在某种程度上我也败于下风。他上课回答问题更是积极准确，每堂课的英语单词及句型听写从没有出现过一丝疏漏。然而好景不长，一个月后，在几堂英语课单词听写中刘大伟连连出错。在随后的月考中，他只得了88分，听说他先前的英语从没有下过一百分，这样的结果令我大吃一惊。在同其余几位任课老师的交谈中，我得知，那次月考刘大伟的语文、数学成绩也下滑较大。追其原因，他们都认为刘大伟自从恋上打乒乓球后，学习成绩骤然下滑。语文老师说，有一段时间他发现刘大伟上课不时偷着在桌兜摸乒乓球玩，有好几次，还将乒乓球碰出桌兜，掉在地板上，影响了整个课堂纪律。数学老师也说，有段时期，一下课，刘大伟还没等他走下讲台，就拿着乒乓球拍往外跑。他们这样一说，我也想起好几回，当我随着上课铃声走上讲台后，刘大伟才急急忙忙在教室外喊报告，我以为他是班长兼课代表，事情多而未曾在意。突然间，我一下子明白，他原来是因课间痴迷于打乒乓球而迟到。

接下来的一堂英语课，在课后我清点学生人数时，教室外传来了报告声。打开门，手持乒乓球拍的刘大伟低着头畏畏缩缩的走进来。我将他手中的球拍接过来放在讲桌上，没再多说什么，让他下去听课。下课后，我告诉他球拍我暂时替他保管。他问我"保管期多长？"我对他说："从现在起，你将心思全部用在学习上，等下次月考成绩明显提高后再说"。接过来我又插了一句"听说你乒乓球打得挺不错。""是，报告老师，全校的学生没有一个是我的对手。"原先低着头的他立马挺直了身子，我随之一笑"呦呵，挺自信的！"也许他发现我的态度不失和蔼，又凑过身说："老师，要不咱俩比比，我若侥幸打败你的话，能否将球拍还给我？"看着他自信满满的样子，我猛一拍桌子说，"准！"

　　课后，我和他相约来到操场的乒乓球案前，开始了对阵，面对三局 0：11 的结局，他落荒而逃。此后不再提及索要球拍之事，心思也专用在学习上，上课再也没有迟到过，单词听写准确率达百分之百。在当月的月考中，他英语成绩虽没考取满分，却以九十八分的高分跃居年级第一，语、数成绩也名列前茅。遵守承诺，我将保管了一个月的球拍还给他。他接过球拍后说："老师，我不仅要在学习上夺冠，我还要在乒乓球上夺冠。为了提高球技，我双休日还报了乒乓球训练班，我要再次向你挑战。"我点点头"好，有志气！社会需要的就是不仅要学习好，还要体育、文艺各方面都优秀的接班人。我接受你的挑战。"

　　于是，便出现了开头那幕激烈的乒乓球对拼。虽然刘大伟这次仍以失败告终，但是凭他那股永不服输的斗志，我深信，在不久的将来，他定会夺得学习和乒乓球上的双冠军。我也期待着与他的下一次较量。

欣赏别人，不如相信自己

"你站在桥上看风景，看风景的人在楼上看你，明月装饰了你的窗子，你装饰了别人的梦！很多时候，我们往往沉迷于欣赏他人带给我们的美景，而忽略了自己的存在。岂不知，在他人眼里，我们早已站成一道美丽的风景。"随着学生孙莹那娓娓道来的精彩演讲，台下掌声响起、再响起！

全县中小学生"我的中国梦"演讲比赛在一阵接一阵的掌声中落下帷幕。孙莹同学不负众望，以出色的表现夺得小学组第一名。捧着金光闪闪的奖杯走下领奖台时，她哭了，随之而起的雷鸣般的掌声遮掩了她的抽噎声。

她很快跑到我跟前"老师，我成功了！谢谢你！没有你，我就不会赢得今天的掌声。"我轻轻拭去她眼角的泪，抚摸着她的头说："加油，继续努力！记住，幸福是奋斗出来的，天生我材必有用。任何时候都要相信自己。"她点点头"嗯，欣赏别人，不如相信自己！我会永远记住老师您的这句话。"一种十足自信的笑容，在她脸庞上像幸福的花儿一样绚丽绽放。

　　她是激动的，也是自信的。我是欣慰的，更是自豪的。昔日的丑小鸭终于变成今天的白天鹅。谁能想到，一年前腼腼腆腆、羞羞答答，一回答问题就脸红、掉泪的小女孩，此刻已演变成为落落大方、信心百倍的花季少女。

　　一年前那个硕果累累的金秋，新学期的第一节英语课，当我领学生读完课文，问学生谁愿自告奋勇登讲台给全班同学带头示范朗读时，全班四十五位同学，你望望我，我看看你，没有一个能大胆站起来，全都低垂着脑袋，连抬起头的勇气也没有。即便我一再鼓励，可是他们仍然不愿尝试，也不敢抬头。后来我随意乱点了一名学生，她就是孙莹，当时就坐在我讲桌下的第一排。她一站起来，就满脸通红，然后低头轻声吱语到"老师，我……我……"话没说完，泪水就在她的眼眶打转。看着眼前这个胆小含羞的小女孩，我说到："老师相信你能读好的。给自己一点信心，给生活一丝勇气！"她沉默了好久，又轻声吱语到："老师，你还是选王一凡同学来读吧！他肯定读得比我好。"这时班上的学生也纷纷喊到"让王一凡读，王一凡读。"我用手势止住他们的叫喊，笑着说："这下子怎么都有勇气抬头叫喊了，是不是平时的希望都寄托在别人身上？欣赏别人，不如相信自己！我欣赏的不是朗读好的学生，而是有勇气朗读的学生！"这时，我突然发现孙莹在抬起头的一刹那眼中掠过一丝异样的光彩。我继续说到："来，让我们以热烈的掌声欢迎孙莹同学试读！"在同学们雷鸣般的掌声中，孙莹同学开口读起了课文。虽然声音很小，也不是那般流利，但是当她读完后，我还是再次带头给她以热烈的掌声，并极力夸赞她"孙莹同学今天有勇气读完课文是一种进步，也是一种挑战。我希望她和每位同学今后都能不断挑战自己！战胜别人算不上成功，战胜自己才称得上自豪！我不希望你们经常为别人鼓掌，只希望别人时时为你们鼓掌！"

开学初的第一节英语课，我讲授的内容精不精彩，现在学生们已记不清，他们唯一能记清的就是那节课的掌声……

后来，我发现孙莹很有潜力，就不断去挖掘、开发。每节英语课我都让她领读单词、课文，并推荐她担当学校的播音员。她的表现越来越出色，学校好几次大型文艺演出，她成了金牌主持，在全校有着"小董卿"的美称。

她升入六年级后，我虽不再给她代课，可是她时常请教我，我也不断鼓励她。开学不久，全县中小学生"我的中国梦"演讲比赛进行海选，她跑来对我说"老师，我也想报名参加，就是怕演讲不好。"我告诉她"结果无所谓，重在参与！"她报名后，我又告诉她"既然选择了远方，就要风雨兼程！随后一有时间，我就和她一期接一期观看《我是演说家》，指导她学习那些成功的演说技巧。经过校、镇、县层层选拔，她最终脱颖而出，夺得桂冠。为自己，更为学校争了光。

新年元旦，她送给我一张贺卡，卡中写到，"老师，如果没有你当初的鼓励，我这只丑小鸭也许只会在欣赏白天鹅的美丽中自卑、落伍，永远被别人瞧不起。是你那句'欣赏别人，不如相信自己'唤醒了我，让我找到了生活的勇气和信心。"

"欣赏别人，不如相信自己！"我会一直用这句话去鼓励我的学生，我会用孙莹从丑小鸭演变成白天鹅的真实事例去鞭策、教育每一位学生。

残缺的空位

当我踩着上课的铃声，满怀激情迈进教室准备上课时，发现第一排正对着讲台的座位没有学生。这是我们班陈佳敏同学的座位，她是一个勤奋好学、文明守纪的小姑娘，从没有缺过一次课，今天是什么原因导致她突然缺课呢？为了不影响上课，我没有再去思索……

下课后，我翻出班级学生家长通讯录，给她的家长打电话，想询问陈佳敏的情况，但是电话一直无人接听。按照学校制度规定：若学生无故缺课，老师必须弄清原因。正当我跟校长请好假，推着自行车准备去陈佳敏家家访时，同事黄宁匆匆跑过来喊："赵老师，赵老师！快去看看，你们班陈佳敏同学和妈妈出车祸双亡了！""什么？"我不敢相信这是真的……黄宁将她的手机递给满是怀疑的我，原来她的朋友圈谁发的一段消息"昨夜八点左右，一位妈妈带着女儿逛完超市过马路时，硬拉着女儿的手横穿马路闯红灯，被一辆疾驰的小汽车撞飞，这位年轻的妈妈和不到七岁的小女儿当场罹难。据悉，这位名叫×××的小女孩是××小学二年级的学生……"文字下是几张血肉模糊、惨不忍睹的照片。看不清小女孩的面目，但是那沾满血迹的校服证明她确实是我们的学生。

我在为小女孩悲痛和惋惜的同时，更加痛恨她的妈妈！可以说她是导致这起车祸的罪魁祸首。要不是她硬拉着小女儿闯红灯，就不会有那触目惊心的一幕。

这一切尽管出乎意料，但也在情理之中。这位妈妈不是第一次硬拉着小女儿闯红灯。前不久的一个双休日，我和同事驾车出游，就在出学校附近不远的一个十字路口，看见一位年轻的妈妈，拉着女儿的手，无视亮起的行人红灯，横穿马路。小女孩死拉着妈妈的手不肯向前，嘴里还喊道"妈妈，红灯，老师说红灯停绿灯行，不能闯红灯！"她的妈妈不听女儿的劝说，硬是拉着她横穿马路，结果刚刚发动的一辆辆汽车，不得不停下来给她们让路。

人生最大的悲剧就是第一次走错路后，不知悔改，第二次仍然选择走同样的路。

这些天，每当走进教室看见那个空座位，我的心会不由得抽痛。伤痛之余，我明白了同伴们所说的教育即5+2=0。有教育专家说，家庭是孩子的第一所学校，家长是孩子的第一任老师。可见在孩子的教育过程中，家庭教育是极为重要的。学校一周五天的教育，若双休日两天放任自流，那么对孩子的教育效果就等于零，甚至这个结果还可能是负数。

《中国诗词大会》走进了我的英语教学

学生时代，我就是一名文学发烧友，酷爱诗词。走上三尺讲台成为一名教师后，对诗词更为垂青。现在虽已有十年没有执教语文，但我对诗词的痴迷程度狂增无减，特别是《中国诗词大会》的开播，令我领略了诗词之美，感受了诗词之趣。古人的智慧和情怀点亮了我平淡的生活，涵养了我贫瘠的心灵。

今天，我重点谈的不是作为文学爱好者对《中国诗词大会》的追随和称赞，而是《中国诗词大会》带给一名普通的乡村小学教师的启迪和受益。它给我最大的好处就是，让我改变了我的英语教学，让我的课堂在竞争中充满了乐趣，在挑战中赢得了掌声。

小学生不愿去记英语单词，也不容易记住单词，是我首次接受英语教学后倍感头疼的难题。无意之中观看的《中国诗词大会》，令我眼前突然一亮。何不把《中国诗词大会》上的个人追逐赛和擂主争霸赛的形式引进英语课堂，让学生以这种方式增强记忆单词的效果？没想到这一尝试，大大激发了学生学习英语的兴趣，收到了事半功倍的成效。

我先从全班五十多名学生中选出五名单词及短语听写准确、迅速的学生进行个人追逐赛，从对这五名学生语法知识答问中选出成绩最优异的学生定为第一期擂主。然后选出第二节课听写单词和短语快而准的前五名学生进行个人追逐赛，从他们当中产生的优胜者做为攻擂者挑战第一期擂主。以此类推，选出全学期的总冠军进行表彰奖励。这不仅搞活了课堂气氛，更激发了学生的斗志，令我的英语课成为全校学生最受欢迎的课程。

　　经过半年的尝试，随着学生英语知识的丰富，我又倡导学生试着用英语去翻译简单的唐诗。当然先翻译整首唐诗比较困难，我就引导他们先翻译诗中自己最喜欢的一句，然后提议学生利用各种工具查询出自己最喜欢的唐诗英文，去熟听、熟读、熟说、熟写，这样不仅加强了学生诗词记忆，更提高了他们的英语水平。

　　我今天的教学喜悦之心情及显著之效果，全得益于《中国诗词大会》，它给我不惑之年带来了激情，令我再次焕发青春的活力！

第二辑　人间亲情似水流淌

乡村最美母亲

　　没有什么伟大崇高的职业，她只是中国千百万农民中普通的一员；也没有什么惊天动地的事迹，她只是默默践行天下数亿万母亲应有的传统美德，用无微不至的爱温暖了我的整个人生。她的丰功伟绩可用一个简单的词语概括，那就是世上最无私的——"母爱"！我是农民的儿子，我从未因是农民之子而感到自卑，却始终因有一位平凡而伟大的母亲自豪！在我心中，她永远是乡村最美母亲！

1. 母亲的巧手

　　小时候，我觉得母亲的手很神奇，也很灵巧。她能瞬间描画出辽阔美丽的碧草蓝天，也能霎时捏造出栩栩如生的泥人泥物。那时，我背着她用碎花布缝制的小书包在小伙伴们羡慕的目光中上学，特别神气。她用麦秸编的蚂蚱笼，小伙伴们争着抢着要，这让我倍感自豪。我能牛气冲天地充当小伙伴们的总司令，带领他们打鸟射蝉，全在于母亲用树丫削制的弹弓和用竹棍弯制的弓箭作为我和小伙伴们精良的武器装备。

　　年轻时的母亲，是方圆十里有名的能媳巧妇。今天东家嫁女，邀她去刺枕，明日西家娶媳，请她去绣鞋。那时我的衣兜常因装满七邻八舍硬塞的糖果，在伙伴中一直炫耀不停。

　　母亲纺的线、织的布更是乡里一绝。她纺的线柔韧细长，她织的布精巧绵软。随着年龄高增，母亲不再纺线织布，我已有十余年没听到过美妙的机杼声。但母亲心爱的纺车和织布机一直摆放在农村老家的木楼上，也从不曾在我的记忆中模糊，那转动的纺车和摇摆的织机交融在一起的经典之乐，一直在我心头荡漾。没有高贵的价位，也没有艳丽的图案，只是简单的方格布单，这就是我一直铺在床上的母亲亲手编织的床单。睡在它上面，犹如躺在母亲怀中那般舒心。

　　母亲做的饭菜，那才叫真正的天下美食，人间美味！走遍南北，吃尽天下，觉得最可口的还是母亲做的饭菜。最爱吃的馍，就是母亲烙的韭菜饼；最爱吃的菜，就是母亲烹的西红柿炒鸡蛋；最爱喝的汤，就是母亲熬的冰豆酸拌汤；最爱吃的饭，就是母亲蒸的槐花饭；最爱吃的面，当属母亲做的臊子面。母亲亲手酿的醋，自手煮的臊子肉，亲手擀的面，酸辣可口，香味四飘，真正体现了岐山臊子面"酸、辣、香，薄、劲、光，煎、稀、旺"的美食特色。此面应当天上有，人间能得几回尝。在我口中，山珍海味、满汉全席、烤鱼烤虾一点也咀嚼不出母亲饭菜的情香味！

　　母亲的手是灵巧的，更是勤劳的。自小到大，洗衣择菜、割麦收秋，家中的大小活全被母亲包干，她从不让我们插手干一丁点家务。如今，她纤巧的双手早已结满老茧。岁月的打磨、家务的劳作让她半年前患上了类风湿，手关节严重变形，时常发痛。每当看到母亲疼痛难忍的样子，我心如刀割。她常烧香拜佛，跪求菩萨保佑子孙平安健康。身为共产党员，我虽不信神求佛，但我祈求上苍，只要母亲健康，我情愿背负她所有的苦痛!

俗话说勤母懒儿，母亲的勤劳成为我懒惰的避风港。她勤劳的双手，致使我养成了衣来伸手饭来张口的惰性。为了彻底改掉自己惰性，减轻母亲双手之痛，从她患类风湿起，我开始学习做饭炒菜、洗衣洗碗。我多做一顿饭菜，母亲的手就可以少掌一次勺，我多洗一片幼女的尿布，母亲的手就可以少触一次水。我不奢望自己的双手能秉承母亲全部的灵巧，我只愿自己的双手至少可以替代她的辛劳。

2. 母亲的唠叨

我是在母亲爱的怀抱中懂事的，也是在母亲喋喋不休的唠叨中明理的。

小时候去学校时，母亲常在耳边唠叨："在学校要听老师的话，和小朋友要友爱相处。"正是在这样的唠叨下，小学六年，我一直是师生公认的听话、懂事的好学生。

上初中后，母亲又常在耳边唠叨："学习是很艰辛的劳动，要注意劳逸结合，思想上不要有任何压力，保持一个快乐的心态，去努力奋斗！"也是在这样的叮咛中，我在快乐中发奋学习，在勤奋学习中获取无限快乐，顺利考上了师范。

师范毕业走上三尺讲台后，母亲继续在耳边唠叨："不要管家里，一心去教好你的书。在学校要服从领导、团结同志、关爱学生，教育要对得起自己的良心。"从教二十年，深记母亲"教育要对得起自己的良心"这意味深长的唠叨，和同事友好相处、以诚相待，尽自己最大的能力去搞好教育教学工作，赢得了社会各界的一致好评。

结婚前，母亲常唠叨："赶快找个媳妇，尽早成个家，让你媳妇去管教你，我也就不再唠叨了，免得你常觉得厌烦。"结婚后，母亲并没有放弃她的唠叨，昨天她唠叨："多体谅下你媳妇，多替她分担些家务……"今日她唠叨："变天了，多穿件衣服，以免着凉……"我敢肯定，明日母亲必定还会唠叨……

　　起先，我真的觉得母亲的唠叨好烦好烦，后来听得多了，竟觉得它就像一曲优美的歌，越听越爱听。如今，母亲的唠叨犹如一种调味剂，让我的生活充满了醇香的滋味。它让我正写了"人"字，让我的人生成为大写的人生。

3. 母亲的眼泪

　　打我小时候记忆起，母亲的眼泪就像天空的雨滴，说下就下。那时，调皮捣蛋的我闯祸犯错，母亲训斥我时会掉泪，乐于助人的我扶老帮幼，母亲夸奖我时也会掉泪。我患病住院时母亲会流泪，我病愈出院时母亲仍会流泪，从母亲的泪水中，我品味出有一种关爱叫心疼。

　　读书看报时，母亲会落泪，观看影视时，母亲也会落泪。那时母亲最爱读的书是高尔基的《母亲》，她最喜欢看的电视是《星星知我心》。我那时看到母亲一掉泪，就很幼稚的问她，是不是书中和电视中的孩子找不到妈妈，她才落泪？后来我渐渐懂事，当我品读高尔基的《母亲》，观看《星星知我心》时，也会情不自禁地掉眼泪，我才读懂了有一种眼泪叫感动！

　　再后来我外地求学，每次收假离家时，都会发现母亲偷偷掉泪。我师范毕业参加工作后，每周离家时看着噙满泪水的母亲，我也会泪水在眼眶翻滚。现在，当我出远门学习时，母亲还会默默流泪。前年我去榆林培训学习，当我从母亲手中接过她为我整理好的行李包时，我的手背实然感到一阵冰凉，那是母亲的泪水在滴落。后来当我抵达榆林给她打电话报平安时，虽没有看到她的泪水，但是通过话筒，我能感觉到母亲定在流泪。学习结束回家后，女儿告诉我，那一周每天晚上会发现母亲看着我的照片偷偷哭泣。我那时才深感，儿女就像风筝，无论飞多高、飘多远，那细长的线总系在母亲手中。直到今天，我才慢慢咀嚼出，有股泪水叫牵挂。

结束语：小时候母亲背我上学的身影，年轻时母亲陪我相亲的身影，妻子二胎分娩时母亲操劳的身影，晨曦中母亲炒菜的身影，夜灯下母亲缝补的身影，梦乡中母亲奔波的身影，由强大到瘦弱，由挺拔到弯曲，由清晰到朦胧，如同电影的胶片，一张张在我脑海中交替。我的心中除了感动就是愧疚，都说养儿为防老。如今母亲早已年过花甲，我也早已成为人父，但是她对我的关爱远远大于我对她的牵挂，在母亲眼里，我永远是个长不大的孩子。也正因为如此，在我的眼里，母亲的身影永远年轻美丽！

母亲的菜园

星期天下午，从乡下老家返回城区住房时，女儿是那般的依依不舍。她拉住母亲的手迟迟不肯上车。"奶奶，我们下周再来看您！"车开离老家的那一刻，女儿爬出车窗哭喊着向母亲挥别。

每周五下午一放学，女儿就急喊着回老家看望母亲。因为老家不仅有疼她、爱她的奶奶，还有一年四季从不间断的各种新鲜蔬菜。女儿常骄傲地在同学面前自夸："我一年三百六十五天，每天吃的都是奶奶菜园自种的新鲜蔬菜，那才是真正的纯天然的、无公害蔬菜。"

记忆中，母亲在屋后开垦出的空地，有各种各样的菜。春有韭菜、蒜和葱，夏有黄瓜、西红柿和辣椒，秋有豆角和南瓜，冬有萝卜和青菜，我家吃的菜，可以说是天天变花样。

自小到大，不管是菜园翻地，还是施肥、除草，都是母亲独自在劳作，她从不让我们帮忙插手。一是不愿我们劳累，另外就是担心我们毛手毛脚，损坏菜园。母亲说："菜园就是我的女儿，它和你们兄弟一样，都是我的心头肉。"母亲就像照顾自己的孩子一样，长年累月，精心打理着她那小小的菜园。

我结婚后的第二年，在城区买了房子，妻子和我多次劝母亲与我们居住在一起，但是每次都被母亲拒绝。她说，她舍不得她的菜园。再过了一年，女儿出生后，为了照顾孙女，父母才搬来和我们住在一起。但是母亲仍没有放弃她的菜园，每逢双休日，我接替母亲照看女儿，她便回老家打理她的菜园。

女儿三岁半上幼儿园后，不管我和妻子再怎么挽留相劝，母亲执意要回老家去照看她的菜园。我们拗不过母亲，只好答应她回老家。我们只能利用双休日，带女儿回老家看看。一回到老家，母亲的菜园，就变成了女儿的乐园。从不让我们进菜园的母亲，对小孙女却百般迁就，任她在菜园折腾。女儿也很懂事，除了跟在母亲身后拔草、抓虫外，从不轻易搞破坏。母亲的菜园，不仅让女儿自小体验到了劳动的乐趣，也让她早早认识了韭菜、西红柿、茄子等蔬菜。

前年夏季由于我和妻子事情太多，连续三周没回老家。结果第四周周一，母亲便背着一蛇皮袋西红柿、黄瓜赶往城区送给我们，因为车站离我们居住的小区有好长一段距离，下公交车后，一向勤俭惯了的母亲拒绝了开在跟前的出租车，选择背着沉重的袋子步行。不料还没到小区，便被突如其来的一场大雨浇成了落汤鸡。那次，母亲回老家后就严重感冒了，挂了几天吊滴才逐渐好转。

自那以后，我和妻子决定，不管再忙，每个双休日总要抽时间回家看看，我们不是为了品尝母亲菜园里的菜，只是为了多陪陪老人，让她为我们少一份担忧。

今夜，我只想静静守候在她身边

夜，很深也很静，心，很凉也很痛。整座医院被浓厚的夜色所笼罩，随着点点吊滴注入母亲体内，我整颗心犹如刀割般疼痛。

叮咚！——叮咚！这种吊滴掉落的声音耳是听不清楚的，只有心才能清晰地听到。我的心猛的一酸，啪！——啪！一颗颗泪珠打破了夜的静寂，这不是眼睛在哭泣，而是心在滴血。望着躺在病床上的母亲，我除了愧疚还是愧疚。都说养儿为防老，可是母亲含辛茹苦将我养大，如今，我却不能时常陪伴在她身旁，要不是我周末有事回家，她这次生病住院，会永远隐瞒。我是母亲最疼爱的人，母亲却是我最对不起的人，她对我的爱无怨无悔，我对她的愧疚越积越重。对于我们母子来说，一直只有母亲的付出，从来没有儿子的回报。

都说男儿有泪不轻弹，此夜，我不想哭，但我感情的潮水却不停地放纵奔流，为深爱我的母亲而掉泪……不知是我的抽噎声惊动了母亲，还是母亲感觉到我在流泪，熟睡的她醒了。"你怎么还留在这儿？我自个能照顾自己，快回家睡去吧！"这是母亲睁开双眼后说的第一句话，我再次感受到了母亲充满爱的抱怨。"妈，今夜就让我守候在您身边，让我愧疚的心暂时得到一点慰藉吧！"谁能料想四十开外的我，还能摇着母亲伸出被外的手不住撒娇。"这孩子！"母亲笑了，我却哭了……

"你怎么来了？瞧你那样，都已是孩子的父亲了，还像小时候那样爱掉泪，羞不羞？"这是我夜晚刚推开病房的门后，母亲对我的责怨和调笑。好长时间没回家了，正好这个周末没有什么事，当我乘坐最后一趟班车赶回家，想给父母一个惊喜。孰料，打开家门，家里空荡荡的没有一个人。给父亲通完电话，才得知母亲已在三天前因类风湿全身关节发痛住院医治，她不让父亲告诉我，以免我担心。我知道母亲一向很能忍，她从不轻易去看医生，这次能住院治疗，可想而知其疼痛程度。我一挂断父亲的电话，就急忙往医院跑，忐忑不安地推开病房的门，母亲虽然表面上有说有笑，表现得还是先前那般坚强，但是她深深坍陷的双眼和日益消瘦的脸庞，无法掩盖病魔对她的折磨。

母亲笑了，我却哭了。母亲用微笑绽放着坚强，我却用泪水浇灌着脆弱。

夜色一点点蔓延，母亲再次劝我和父亲早早回家休息。我怎忍心将年过花甲的她一个人丢在医院，经再三央求，母亲才准许我多陪她一会儿。我送走父亲，回到病房和母亲扯家常。

手机不时地响起铃声，这个点的电话，不是朋友约吃饭，就是领导安排加班。我顺手一关机，将它搁在一旁，不再搭理。"你怎么不接电话，耽搁事怎么办？"我没有对母亲解释。此刻，还有什么能比陪伴母亲更重要！今夜，我所有的时间，全交给母亲一人。我只想静静守候在她身边。

母亲挂完点滴后，时针已走近深夜 0：00。我将她的手轻轻放在白色的被子下，给她盖好被子，静静守候在她的身旁。这个守候也许有点漫长，但相比母亲倾尽一生对我的照料，它只是微乎其微。不管夜有多么漫长，今夜，就让我静静守候在母亲身边。

暖心的声音融化冬日冰封的大地

　　"我是母亲在这个世界上最疼爱的人，母亲却是天下我最对不起的人。母亲对我的爱无怨无悔，我对她的愧疚越积越重……"再次聆听着心语主播声情并茂、生动传神的朗诵，母亲笑了，我也笑了。母亲笑得很开心，我笑得很幸福。

　　这两天，一有时间，母亲就让我反复播放《心语港湾 FM》主播心语老师朗诵的《今夜，我只想静静守候在你身边》，每每听起心语老师的朗诵，母亲都会微笑。看着她灿烂的笑容，一股强大的幸福感便油然而生。

　　娓娓动听的朗诵声穿过白色的病房，透过高耸的医院，飘荡在冬日的旷野上，融化了整个冰封的大地。在这暖心的声音中，我扶着病愈的母亲，走向温暖的家。

　　一周前，当我悄然回家想给多日不见的父母一个惊喜时，才知母亲已瞒着我们在医院躺了三天。那夜，守候在她身边的我，犹如打翻了五味瓶，有一种说不出的滋味。第二天，我坐在电脑旁，用沾满泪痕的双手敲动键盘，一口气写完专为母亲而作的《今夜，我只想静静守候在你身边》，并寄给以"你的心情，我的故事"为主题的一本带有温度的声音杂志：《心灵港湾 FM》。很快，我就收到了杂志主编心语老师的回信。她说我的文章很感人，已经审核留用，因稿件较多，加之她感冒一周也不见好转，为了达到最好的录制效果，可能发表需要晚点时间，让我耐心等待。两天后，心语主编又回信给我，说她感冒稍微缓解，又特意买了一套先进的设备，准备录制我的作品。感谢素不相识的心语老师为我拙作的全身心投入和付出。

前天下午，学生考完期中考试后，我联系心语老师，告诉她，我晚上去医院陪护母亲，希望母亲能听到她朗读的作品。令我感动的是，心语老师当即回复我，当晚加急先录制我的作品。此外，心语老师让我发段祝福的话语给母亲，并要我在她的节目里为我的母亲点首歌……这些细心之举让我感动不已。

"在这个特别的夜晚，我用心祈祷母亲早日康复，也衷心祝愿全天下的母亲健康平安！我想对母亲说，'妈妈，你的爱是一首轻盈的小诗，流淌着我童年时代的欢乐；你的爱是一篇优美的散文，挥洒着我青春年少的梦想；你的爱是一本感人的小说，抒写着我不惑之年的愧疚自责。'妈妈，你用爱温暖了我的四季，你用爱燃烧了我的人生。我爱你，我永远深深地爱着你。"这是我发给心语老师的写给母亲简短的话。

那天晚上，白色的病房内，望着渐渐熟睡的母亲，我绷紧的心弦慢慢平缓。我默默地守护在母亲身旁，静静地等候自己作品的问世。夜里10点多，我收到了心语老师发给我的微信"你先早点休息，设备还在调试中，我还在录制，估计会很晚，好了我会发给你。"

当深夜的雾气穿过凌晨的罅隙时，我依然在陪伴中静静地等候。我用一颗虔诚的心为母亲祈福，同时又以一颗诚挚的心向心语老师的敬业精神表示敬意。深夜2：43，滴滴——滴滴！微信的响动惊醒了迷糊的我，心语老师传来了录制好的作品，她说："经过反复调试、剪辑，用了七个多小时，我的这个节目终于完工。"心中对她的感谢难以用语言表达，我只对她说出两个字——"谢谢！"

那夜，为了不打扰熟睡的母亲，我戴着耳机，一遍接一遍，让心语老师那甜润的声音在我的心房欢快流淌。跟往常一样，清晨五点半，母亲早早起床了。"你一夜没睡？"我拔掉耳机，从头重放，用心语老师抑扬顿挫的朗诵回答了母亲的发问。听了心语老师的朗诵，母亲顿时精神了好多。当我告诉她这是心语老师连夜花费了七小时录制而成时，母亲很是感动。她也非常感谢心语老师特意点播的歌曲《烛光里的妈妈》，激动的母亲不住地夸赞心语老师，她说等她身体康复后，要亲手制作岐山臊子肉，让我快递给心语老师，略表对她的谢意。我将母亲的心意转告给心语老师，她婉言谢绝了。她告诉我，我们的心意她领了，能让我的母亲高兴，身体早日康复，是她最开心的事。她的平台就是心语、爱心，她想不忘初心，将爱传播下去，也想借我的文章感染更多的人。

"人生有太多的第一次，今天又是自己的第一次。第一次用专业的播音设备录音，第一次想让阿姨早日康复，第一次通过自己的电台为全天下的妈妈点歌送上祝福，第一次深夜2点还在和电台的同仁们交流，修改校正作品。有时我真的觉得自己是幸运的，认识那么多善良可亲的人，还有一直陪伴我的听众，只要心在一起，距离不再遥远……"这是心语老师在微信朋友圈分享《今夜，让我静静守候在你身边》前的一段话。是的，只要心在一起，距离不再遥远。昨天我和心语老师将作品依次在微信朋友圈分享后，同事、同学、朋友一一转发。分享作品的同时，对母亲的问候和祝愿也从四面八方飘然而来，我的心在一次又一次深切地问候和美好的祝愿中感动再感动。

陪着母亲搭上回家的车，车上坐了许多怀揣烧纸的乘客。今天，是农历十月初一，我们这的习俗就是后辈在这一天去先辈的坟前烧纸祭奠，以告慰先辈的在天之灵。子欲孝而亲不在，不知多少游子香客在父母的坟前凄然泪下。父母健在，是儿女最大的幸福。为了拥有这种难得的幸福，今后不管漂泊多远，也不管工作有多忙，我都会多抽时间，陪着爱人，带着孩子，常回家看看。让父母的晚年，多一些快乐，少一份寂寞。

是夜，华灯初上，牺牲双休日在乡下扶贫的妻子拖着疲惫的身影回家后，顾不上过问抱在我怀中的幼女。一头扎进厨房，在锅碗瓢盆交响乐的演奏中，精心摆满一桌丰盛的饭菜，全家人围在一起，庆祝母亲康复出院。我再次打开心语老师的作品，朗诵声、欢笑声、歌唱声一时在冬夜响彻了我的整个世界。

儿行千里母担忧

金秋十月，天高气爽，呼吸着夹杂着阵阵果香的新鲜空气，因参加陕西省小学品德与社会课程课堂教学观摩活动，我踏上了奔向远方的列车，驰向陕西最北部那座被誉为"塞上江南"的城市——榆林。

当列车在夜色还未完全褪去的黎明中缓缓启动时，透过车窗，我看见站台上不停擦眼泪的母亲，我的心在涌起一丝惆怅的同时又填满感动。千里的路啊，我还一步没走，就看见泪水在妈妈眼里流淌。

儿行千里母担忧！一周前，当听到我要外出学习时，母亲就开始为我担忧。反复叮咛我注意安全，忙前忙后为我整理行李，张罗好饭。从学生时代起，我每次离家远行，母亲就反复唠叨，将想起的事塞满我的兜。虽然如今我早已成为人父，但在母亲眼里，我永远是一个长不大的孩子。

由于列车是在凌晨六点出发，原不想惊动家人，一个人早起溜走。谁知我五点起床时，母亲早已做好了我最爱吃的臊子面。吃过饭后，母亲坚持要去火车站送我，以往不管走多远也舍不得花钱打车的母亲，这次因为怕我晚点，无论如何不愿步行，而是租车前往火车站。到火车站买票时，母亲硬是坚持让妻子多买了两张站台票，要上站台送我。记得上次我送母亲去重庆小弟家那回，我买了一张站台票去站台送母亲，被她责备了大半天"不让你上站台来送，你偏不听，一张站台票，我和你父亲能买一周的馍吃，整天乱花钱。"这次当我不让她买站台票，并笑她拿省下来的钱给她和父亲买馍吃时，又遭到她一阵责备"这孩子，成天没正形，哪有拿老母开涮的！"临别时，母亲又塞给我一个塑料袋。在我转身的那一刻，看见母亲满足皱褶的脸颊流下了两道清晰的泪痕。我清楚，自己就像一只风筝，无论随风飘多远，那系着风筝的线头永远紧攥在母亲手中。

列车越行越远，母亲和故乡的身影再也看不见。我打开母亲塞给我的塑料袋，一股浓郁的芝麻香扑鼻而来。芝麻饼，原来是母亲烙的芝麻饼。既做面，又烙饼，可见母亲昨夜又一休没睡。当我把塑料袋内的芝麻饼分享给同坐的旅客品尝后，他们竖起大拇指连夸它是难得的人间美食，并问我哪里可以买到这种美食？我告诉他们这是母亲亲手烙制的，他们又连夸我有一个好母亲。一种难以比拟的自豪感刹那间罩遍全身。是的，我此生最大的骄傲就是有拥一位平凡而伟大的母亲。

当我抵达榆林来到指定的酒店后，刚一放下行李，妻子就打来电话说母亲不停催促她打电话问我是否平安到达。我让妻子将电话交给母亲，想和母亲说会话时，她却一句话也不说，通过话筒，我清楚地听到了母亲的哽咽声。

当天晚饭后打开手机和妻子视频聊天，小女儿可爱的身影也不时闪现在视频窗口。她不停向我做鬼脸，让身处异乡的我感到一种说不出的幸福。这时视频窗口又出现了一个十分熟悉的身影，没有任何动作，只是默默地站立了几秒钟，我心底突地一酸，泪水迷蒙了双眼。这个熟悉的身影就是我平凡而伟大的母亲，只是那简短的一观望，凝聚了母亲对儿子的牵挂和挚爱。

在榆林市实验小学连续听了七节课。我曾在宝鸡、西安等地也观摩过多位名师的授课。但这次带给我的是完全不同的感受。这七节融理论与实践于一体，犹如七座亮丽的明灯，给人阵阵美妙的沁人心脾之感。特别是榆林市实验小学王爽老师所讲授的三年级思想品德课《父母的疼爱》和西北工业大学附属小学魏红老师所讲授的四年级思想品德课《读懂爸爸妈妈的心》深深地打动了我，课堂上，父母为了子女的成长宁愿献出自己一切的情景令我再次回想起父母对我点滴的关爱，我是流着泪听完这两节课的，我发现现场的许多老师也不停轻拭眼角的泪水。这两节课打动的不仅仅是学生幼小的心灵，更在我们这些成人心中荡起阵阵涟漪。可怜天下父母心！做儿女的，能真正读懂父母良苦用心的又有几人？

那晚来自全省各个城市参加课堂教学观摩活动的老师组织了一场联欢晚会。平日性格内向、不喜文艺场合的我，第一次自告奋勇登台，饱含深情地演唱了一首《儿行千里母担忧》，歌未唱完，早已潸然泪下，台下掌声潮水般涌动。

外出学习结束后，因火车晚点，原本中午吃饭就可抵家的我，到家时已是下午三点多。我打开家门，母亲早已张罗了一桌丰盛的饭菜等我，女儿跑过来说："爸爸，你终于回来了！奶奶非要等你回来才开饭，我们肚子都饿扁了。你不知道，饭菜热了又凉，凉了又热，奶奶在锅里鼓捣了好几回。"母亲摸着女儿的头笑了，我的双眼却噙满了泪水。

摇曳在烛光里的愧疚

"祝你生日快乐！祝你生日快乐……"随着女儿和妻子《生日快乐》歌的唱起，我点燃了桌子中央诱人的蛋糕上的蜡烛，熠熠燃烧的蜡烛，将整个房间映照得一片透亮，更是将欣喜开怀的父母映照得满脸通红。老人健康长寿，是儿女们最大的福气。摇曳的烛光中，我和妻子相视一笑，幸福中又充满了愧疚。

同样的酒店、同样的包间、同样的饭菜、同样的蛋糕、同样的蜡烛、同样的祝福，带给我的却是不同的感受。一周前，就在这个酒店的这个包间，我和妻女已为母亲举办了一回生日庆宴，今天再次在这里为母亲举办生日庆宴，在祝福母亲生日的同时，也在弥补自己的过错。

一周前，正好是星期五，下班后，我和妻子以及在外上初中回家的女儿将父母接到提前预订的饭店，是想给年迈的母亲一个惊喜。因为我和妻子记得那天是母亲的生日。

我结婚后第一年过生日时，看着母亲精心准备的一桌饭菜，妻子在惊讶的同时又充满感动。自小到大，每逢我过生日，母亲总会忙里忙外，张罗一桌丰盛的饭菜来庆祝。我成家后，母亲这一习惯丝毫未改。那天妻子问我，母亲什么时候过生日时，我一时却说不上来。母亲的世界很小，她装下的只有我。我的世界很大，常常忽略了母亲的存在。

从那年起，为了报答母亲的养育之恩，同时也为了弥补对母亲的亏欠，在妻子的提议下，我们决定逢母亲过生日当天，我们会在全城最好的酒店为她摆上一桌生日喜宴来庆祝。但令我和妻子深感愧疚的是，对于母亲的生日宴，我们婚后没坚持几年就因工作的繁重和应酬的增多而时常中断。这些年来，记起母亲生日时，就全家一起搞个聚会庆祝一番，记不起来时，一字不提。对于我们的这种生日缺席，母亲一直没有任何怨言，父亲偶尔发牢骚抱怨时，她还常常以"孩子们工作忙"为我们开脱。

去年，原本打算为母亲准备的生日庆宴又因我外出学习和妻子驻村扶贫而泡汤。今年，我和妻子推掉所有事务，为的就是和父母好好聚一聚，给母亲开开心心过生日。

一周前的星期五，当我和妻女将父母带到饭店，看着不知所措的父母，我又拿来一块新做的蛋糕摆在桌子中央，在他们满是惊讶的目光中点燃了蜡烛，然后和妻女一起拍手为母亲唱起《生日快乐》歌，当我拉着母亲吹灭闪闪的烛光时，我笑了，她却哭了。

那晚我在电话里向表弟吹嘘完自己为了导演好母亲今年的生日所做的杰作后，准备回房间休息。经过父母的房间，无意中听到父母的谈话，此时我才知道自己上演了一场闹剧。父亲对母亲说："你不是下周五才过生日吗？今晚这闹的是怎么回事？""知足吧！孩子们有这个心就不错了。记错我的生日日期无所谓，他们什么时候给我庆祝，我就那天过生日。你别再添乱，给孩子们泼冷水。"母亲对父亲的叮咛让站在门外的我更加自责。

我回屋将这事告诉妻子时，她也连连自责。她说："你我都记错，看来这些年我们已淡忘了母亲的生日。"后来，为了弥补我们的过错，我和妻子商量，母亲生日当天，再为她举办一次生日庆宴。

是夜，丰盛的饭菜、香甜的蛋糕、火红的烛光，表达着我们对母亲的祝福，更表达着我们的愧疚。在母亲吹灭蜡烛许愿的同时，我也暗暗许愿：今后绝不会再记错和淡忘母亲的生日。

妙计治心病

周末回家，突然发觉一向乐呵呵的母亲沉言寡语、神情恍惚。还以为母亲身体不舒服，劝她去看医生，但被她摇头拒绝了。后来妻子告诉我，母亲确实患病了，患的是心病。妻子抱怨我说："妈的心病还不是因为你的一句话！"我的一句话让母亲患上了心病？我一头雾水，经过妻子的一番叙述，我才恍然大悟。

原来是上周元旦放假回家，为了回报母亲平日的辛勤持家，也为了给母亲送上一份新年礼物，妻子给了母亲六百元，让她去买一件自己中意的衣服。母亲出门后，我对妻子说："妈一向勤俭节约惯了，绝不会买百元以上的衣服。"没多久，母亲提着几个白萝卜和大白菜回来了。一看母亲手中的菜，我头一下大了，心中直想呕吐。我抱怨母亲说："除过白菜和萝卜，你就不能买点别的菜？你看，整个厨房已被白菜和萝卜占满。入冬以来，全家人就一直吃这，现在都吃腻了。"母亲却笑呵呵说："这菜便宜，一斤才八分钱。"我一下子无语了。妻子突然问："妈，您没买衣服？""衣服不用买，你们去年买的我还没穿，新着哩！我今天买了一件宝物！"母亲放下手中的菜，伸出手腕，她细瘦的手腕上多了一条手链。母亲对着手链说："瞧，这是檀木的。不仅能辟邪，还可以活血、降压、治百病。"我一瞧，什么檀木，纯粹是蒙人的。我问她多少钱，"什么！一千八百八十八！"母亲的回答令我惊叫起来。"这孩子，别激动。大喊什么，我只花了五百八十八。"母亲说她在超市买完菜，看见超市门口抽奖，她就去抽奖。没想到竟中了一千元大奖。在发奖者的忽悠下，母亲看中了那条手链。发奖者说那手链可以辟邪、治病、保平安，是件宝物，价值一千八百八十八。母亲说她没那么多钱，发奖者告诉母亲用她抽的奖抵消后，只需要掏八百八十八，母亲告诉他，买完菜后只剩五百八十八。在发奖者甜言蜜语的哄骗下，母亲用兜里的五百八十八元换来了那条所谓的辟邪手链。她还在不停地夸那发奖的小伙热情豪爽，我早已气得咬牙咧嘴。望着平日恨不得将一分钱掰两半花的母亲一下子被骗了那么多钱，我在为母亲的善良和愚昧感到可悲的同时，更恨忽悠老人的骗子。当母亲听说她上当受骗了，那手链不足二十元时，她的惊讶绝不低于我当时听她说一千八百八十八元后的程度。看着失魂落魄的母亲，妻子边拽我边哄母亲："妈，你别听他瞎说，你买的就是个宝，你捡大便宜了。"虽有妻子的哄劝，但听妻子说，一周以来母亲整日揣着手链"贵！便宜！上当，没受骗！"胡言乱语。

我一听可慌了，这样下去母亲没病也会患病。妻子说"心病还得用心治。"后来妻子想出了一条妙计，她让她们单位的一位大妈借超市买白菜的机会巧遇母亲，然后说她们家最近接连遭灾，有仙道指示需要一条像母亲手腕上的那条手链来辟邪消灾。她可以花重金买母亲的手链消灾。经不住大妈的软缠硬磨，一向乐于行善助人的母亲忙取下手链塞给大妈。起先那位大妈掏出一千八百八十八元，母亲死活不肯收，后来推来让去，母亲只好收了五百八十八元。

揣着五百八十八元回到家，母亲神气十足指责我说："谁说我受骗了，我买的就是宝物。我今天将它出手救人了！"看着恢复了精气神的母亲，我和妻子深情一视，神秘地笑了。

向天再借五百年

——父亲七十大寿随感

虽谈不上高朋满座，但也是亲人欢聚。场面虽小，欢乐无限。歌声传递着儿孙的祝福，烛光炽热着冬日的温暖，蛋糕散发着生活的香甜。又是一年春光灿，又是一季香四飘。父亲的生日踏寻着浓厚的春节气息悄然而来。燃尽的是蜡烛，燃不尽的是祝愿。衰老的是容颜，年轻的是心态。消失的是岁月，永存的是真情。父亲的快乐，逃脱不掉母亲的操劳，父亲的平凡，掩盖不住母亲的伟大。

他们当初虽无海枯石烂的爱情宣言，但却相互搀扶走过一季又一季。"执子之手，与子偕老！"贯穿着他们的爱情主线，"为伊消得人憔悴，衣带渐宽人不悔。"是他们相恋的真实写照。家和万事兴，在万分感谢父母的同时，我也特别感激我的妻子，是她用那并不强健的臂弯努力支撑着这个家。父母曾因没有女儿遗憾了好多年，妻子的嫁入，弥补了她们的遗憾，她在尽好儿媳责任的同时，也付出了胜过女儿的孝道。她在父母心中的地位远比我这个亲生儿子高得多。她的纯朴、体贴、随和、乐观给家庭增添了色彩和趣味。娶妻如此，夫复何求！

阴冷的是天气，晴朗的是心情。斟满酒，举起杯。今日，我们把酒言欢！只为庆祝一位老人的喜寿。泪湿的双眼映射出幸福的光芒。父母健康长寿是子女人生最大的幸福。如果真能向天借命的话，我愿付出一切，为父母向天再借五百年！

被父亲珍藏了二十多年的洋烟

1. 揭晓藏在木匣里的秘密

自小女儿出生后，每天下班回家逗她玩乐成了我生活中的一大乐趣。今天回家逗女儿玩乐时，她一不小心将父亲搁在床头的木匣推下了床。随着"叭"的一声，我的脸一片煞白，心也砰砰急跳。小女儿这下可闯大祸了，这个木匣对父亲来说就是个珍宝。这是二十多年前爷爷去世时留给父亲的遗物，听说是从爷爷的爷爷手中一直传下来的，包括我在内的所有亲人都认为它是一个古董。二十多年来，由于工作，我们搬了好几次家，可是不管搬到哪里，这个木匣总是搁在父亲的床头。他每天将它擦得透亮，从不允许我们碰它，就是我们想帮他擦洗也不行。谁料，不懂事的女儿却将它推下了床。清脆的木匣落地声，惊动了陪二叔扯家常的父亲，他急忙跑进房间。奇怪的是他根本没有搭理掉在地上的木匣，而是小心翼翼地捡起从木匣里滚落出的一个小铁盒。"老二，你们一直以为父亲偏心，将家传之宝留给我，也许就是天意，今天小孙女的无意之举正好揭晓这个秘密。"父亲对随之赶进房间的二叔说。难道这个小铁盒里真的装着祖传的宝物？在我们诧异的目光中，父亲慢慢打开铁盒。"烟，香烟？"这怎么可能呢！我和二叔同时惊叫起来。听说过将酒珍藏数十年的，还从没遇到过将烟珍藏了二十多年的。然而摆在眼前的事实就是，这个被父亲装在小铁盒又放进木匣的，确确实实就是一包香烟，一包"万宝路"香烟。我突然觉得这香烟很熟悉，便从父亲手中接过它。左瞅瞅，右瞧瞧，"难道这是我当年用稿费买给你的洋烟？"父亲笑着点了点头。

2. 关于香烟的记忆

关于香烟的记忆是从父亲开始的。那时候父亲特别爱抽烟，小小的房间常常烟雾缭绕，呛得母亲和我咳嗽不停。喜欢抽烟的父亲不仅衣服让烟灰烧得全是窟窿，就连全家仅有的一床棉被也烧得千疮百孔。母亲为此不住地抱怨父亲，但是无论母亲怎样抱怨父亲，他总是呵呵一笑，"吧嗒吧嗒！"抽个不停。"抽，抽，总有一天会抽死你这个大烟鬼！"就这样在母亲的责骂声和父亲的憨笑声中，我逐渐懂事上了小学。

小时候，我一放学回家，父亲便抱起我，伸嘴来亲我，可我硬是用稚嫩的小手使推开他的嘴，挣脱他的怀抱。我并不是怕他满脸硬茬茬的浓密大胡子扎我，而是闻不惯那刺鼻的烟熏味。被母亲赐号"大烟鬼"的父亲，在乡村邻里中另有一个名号"一根火柴"。父亲抽一包烟只需要一根火柴。他拆开一包烟，取出第一支擦一根火柴点燃后，待第一根烟快抽完时又取出第二根续接在第一根烟屁股后抽。就这样一支续一支，整整一盒烟被父亲短短几小时抽得空空荡荡。那个时候我最佩服父亲的是，他猛地大吸一口烟，然后轻轻一张嘴，便会吐出一溜串从小到大圆圆的烟圈。然后再一张嘴，便会吐出一个细小的烟圈，从先前那一溜排整齐的烟圈中逐个穿过。更绝的是，父亲能将叼在嘴上点燃的香烟，整个吞进嘴里，含几分钟吐出来后，香烟烧得更旺。那时我觉得父亲简直就是天下最神奇的魔术师。父亲吸烟带给我最大的快乐和好处就是，我将父亲抽过的烟盒叠成三角，和小朋友们一起在土地上打来打去赢着玩。然后把赢来的三角积攒起来，到冬季母亲烧炕时，夹杂在麦草中助火增暖。

1993 年 7 月我初中毕业，考上了陕西省凤翔师范学校。亲友们都为之庆贺，父亲更是高兴得合不拢嘴。他给叔叔、伯伯、舅舅、姨夫们不停发烟表示感谢。可当亲友们给他回敬香烟时，一向对烟来之不拒的父亲，却以身体不适为由，一一婉言谢绝。父亲的这个举动弄得亲友满头雾水，我更是百思不得其解。那天亲友离去后，无意中偷听了父母的谈话，所有的疑惑迎刃而解。原来父亲为了让即将出远门求学的我在物质生活上不比其他人差，以免我这个从农村走出的乡下娃被人歧视，一狠心从亲友那借了一千元，除去缴纳的五百元学费外，他给我买了两套衣服外加一个行李箱。一千元在当时的农村是一笔巨资。从此，父亲和这个家背上了一笔沉重的债务。也从那时起，为了节省开支，父亲决定开始戒烟。当时站在门口偷听父母谈话的我，心中充满感动的同时，又掺杂了一丝心酸，一时任泪水迷蒙了双眼。

戒烟让父亲倍受煎熬。他烟瘾发作时，不停咳嗽。急剧的咳嗽常常憋得父亲喘不过气，他用双手使劲狠抓胸口。原本瘦骨嶙峋的父亲，胸膛因罩满血迹斑斑的抓痕更显得苍白无力。看到父亲痛苦不堪的样子，我和母亲实在于心不忍，便找来一包香烟劝他抽一根。但是他却将我们递过的香烟用手揉碎，然后将自己一个人关在房间，不让我们接近。就这样，那年暑假结束，我步入师范学校求学时，父亲走出了痛苦的煎熬，终于成功戒掉了烟。从瘦弱的父亲身上，我看到了一股强大的力量。从小至今，我没有抽过一根烟。这是不是跟父亲的戒烟有关，我也说不清楚。

3. 洋烟"万宝路"

记忆中，父亲从开始抽烟以来，他抽的烟只有一个牌子，就是当时最便宜的一盒两毛钱的"大雁塔"。乡下人见面最常见的礼节就是发烟致敬。每当父亲笑呵呵掏出香烟给回乡探亲的叔伯们一一散发时，大多都会遭受拒绝。在他们的眼里，父亲抽的烟档次太差了，根本入不了他们的眼。偶尔，自小同父亲关系要好的叔伯送给他一包"茶花"牌香烟，往往令父亲受宠若惊。要知当时一包茶花烟相当于两条大雁塔的价格。但那样高档的香烟，父亲却抽不惯，他总是觉得抽自己的劣质大雁塔过瘾。

小时候过春节，除了穿新衣、放鞭炮外，最喜欢的就是跟随大人们走亲戚。因为除了花花绿绿的糖果之外，还可以品尝到丰盛可口的饭菜。1990 年春节，我和堂弟、堂妹们随父亲和二叔、三叔去表叔家走亲戚，一路上，父辈们不停告诫我们，让我们到表叔家后千万别调皮，他们说表叔家属于农村的暴发户，家里摆的坛坛罐罐不是古董，就是名贵的花瓶，怕我们碰破。到了表叔家，一座气势宏伟的二层楼扎在村头一排低矮的平房旁边，鹤立鸡群。走进屋，就如迈进了宫殿；软皮沙发，红木家具，高低不一的瓷花瓶，令人目不暇接。见到我们，表叔连忙端茶倒水，显得非常热情。可是表婶的眼里满是不屑。当父亲掏出香烟发给表叔时，表婶抢过去将它扔进垃圾桶，并讥笑说："现在谁还抽这种烟，我老公一直抽的是万宝路，那是真正进口的洋烟。"说完顺便拿起餐桌上的一包烟扔给父亲，父亲当时闹了个大红脸。看到受辱的父亲，我愤恨地握紧了双拳，好想跑上前狠狠揍一顿表婶……也从那刻起万宝路香烟深深刻在我心里，我暗自发誓，长大后，我一定要给父亲买好多好多万宝路牌香烟。

4.用稿费换来的洋烟

1994年的大年初一，大清早吃过臊子面后，全家人围在一起看陕西电视台春节晚会转播，看完小品《山路弯弯》，银屏内，台下的观众在掉泪，银屏外，我早已被泪水打湿衣襟。小品讲述的是一个山村老父亲，为了不耽误考上大学的女儿，偷偷撕掉了医院癌症的诊断病历。当我转过身悄悄擦泪时，发现父亲也在偷偷抹泪。在我记忆中，这是父亲第二次流泪。父亲第一次流泪是半年前送我上学时，当车开的刹那间，我同父亲挥手告别，我看到了父亲的泪水。根据小品情节和父亲的眼泪，我写了一篇《银屏内外的父亲》文章寄给了报社，没过多久，我的文章第一次变成铅字，在报刊正式发表。随后我用报社汇来的十元稿费，给父亲买了一盒"万宝路"牌香烟。当我将它带给父亲时，他已戒烟半年多，对香烟也早失去了过去的那种痴迷，可是当他得知这是我用稿费给他买来的时，将烟拿在手里翻来覆去瞧个不停。谁能料想，后来父亲将这包香烟珍藏在木匣里，一藏就是二十多年。

棋迷老父亲

当我怀揣着用积攒下来的稿费特意买来的和田玉青玉细料象棋，作为敬献给父亲的礼物，想给痴迷象棋的父亲一个惊喜时，幻想中父亲见到象棋时那惊讶、狂喜的场面没有出现。摆在我面前的现实是：屋子里空荡荡的，不见一个人。火辣辣的天，父亲不呆在家，肯定就在外下棋。我神秘一笑，锁好门，朝楼下走去。果不出所料，大老远，就看见小区花园的凉亭下围了一大堆人，还不时传来"攻卒！""将军！"的呐喊。走进一瞧，石桌的棋盘旁，父亲和对门的老王叔正在博弈厮杀。双方横马跳卒，车攻炮轰，你来我往，难解难分。双方的身后，各有一群老少不分的棋迷在呐喊助威，整个场面好不热闹。

记忆中，父亲恋上象棋是在他退休后。那是一个双休日，我和女友回家与父母商议我们结婚的事宜。回到家后，只见热情的母亲忙前忙后，却不见父亲的身影。起初我以为他没在家，当女友和母亲一起做好饭，母亲让我喊父亲吃饭时，我才知道他就在楼上，我便在楼下高喊"爸，爸，吃饭喽！"喊了几声，不见回应，便上楼去叫他。原以为他在休息，我上楼小心翼翼地推开门后，发现父亲一手拿着书，一手举着象棋，正在排兵布阵。"炮三进一打马""马行一步一尖冲"他一边对着书念口诀，一边摆象棋，那刻从父亲身上我真正读懂了"神情专注"的词意。他一会儿对书皱眉深思，一会儿又举棋眉开眼笑，父亲投入的神态令我忍不住笑出了声，这才惊动了父亲。他抬起头问"什么时候回来的？"当我告诉他回来已大半天，家人都等他吃饭时，他不好意思地连忙拉我下楼去吃饭。

饭后闲聊，从母亲口中得知，父亲退休后开始迷上了象棋，不是蹲在村子老城门口看乡邻下棋，就是一个人待在房间照书摆棋。好多时候，喊他吃饭时都叫不动，甚至有时候母亲吃饭叫得勤了，还冲着母亲发火。"爸，您就多体谅体谅妈！不管怎样，您得按时吃饭，也别再冲妈发火。""妈，您也多包容包容爸！其实多个爱好，也会给他多带来一份快乐。"我和女友一边开劝父亲，一边安慰母亲。我问父亲他为什么独自待在房间照书摆棋，而不去和乡邻下棋？父亲告诉我，他才初学象棋，棋艺太臭，只能纸上谈兵，不敢跟人实战。

那次离家时，父亲说他手头只有一本《象棋入门》的书，让我给他多找些象棋方面的书。随后，每周周末回老家，我都会带一本象棋方面的书给父亲。就这样，父亲的书桌摆满了《象棋开局布阵》《象棋基本战术》《象棋实战攻杀技巧》《象棋布局陷阱108招》等书。

一个月后，我周末回家将一本《象棋基本杀法宝典》带给父亲时，父亲欣喜地告诉我，我带给他的书很实用。经过反复阅读实践，现已能跟乡邻进行实战对弈，偶尔还可小胜几局。看着年迈的父亲满脸洋溢着欢乐，幸福就像花儿一样在我心头灿烂绽放。

那年元旦，我牵着爱人的手走向了婚姻的殿堂。新婚喜宴结束，宾客相继散离后，为了答谢父母的养育之恩，爱人拉着我，准备再次给父母行跪拜大礼，此时，满屋却找不到父亲的踪影。寻来找去，父亲不知何时已在城门口和乡邻下棋过招了。为了不打扰父亲的雅兴，我和爱人只好在旁默默等候观看。这一等，就等到黄昏日落，月上梢头……

结婚一年后，我们有了小女儿。父亲平时最大的快乐，除了帮母亲照料好小孙女外，就是下棋。有时，父亲沉迷于下棋，母亲因小孙女哭闹而找不到帮手，便对父亲多了份抱怨。对于母亲的责怨，父亲常常笑脸认错。可是他今天认错，明天依然我行我素，村民们都笑称他俩是一对欢喜冤家。女儿上幼儿园后，我们在城里买了房，将父母接来和我们一块住。起先，父母住不惯，他们总觉得还是乡下好。特别是父亲，由于人生地不熟，闲时只能独自在家摆棋。为了解除父亲的苦闷，远在四川的小弟春节探亲回家时给父亲买了一部智能手机，并安装上了象棋软件。开始，用惯了老年手机的父亲责怨小弟购买智能手机是一种浪费，可是当小弟教会父亲用手机下象棋时，他再也不提"浪费"两字了。那个春节，不管是出外走亲访友，还是在家招呼亲朋好友，揣着手机下象棋成了父亲的新嗜好。

渐渐地，父亲和小区的老人们也变得熟悉起来。他一有空就去小区花园的凉亭棋桌旁，先是看人家下棋，慢慢地也挽袖上阵。不管是在乡下，还是在城里，父亲观棋从不语，下棋也从不悔。虽说"观棋不语真君子，落子无悔大丈夫。"但因观棋多言、走棋反悔而争得面红耳赤，甚至大打出手的事时而发生，一向忠厚老实的父亲常常因劝架、拉架而遭误伤。事后，当事人对鼻青眼肿的父亲赔礼道歉时，他总是淡笑而过。就这样，父亲凭着他淳朴善良、宽厚待人的秉性，集聚了很旺的人脉。当然，令小区以及附近居民对父亲刮目相看、拍手称赞的真正理由，还是那高超的棋艺。

多年来，父亲的棋艺越老越精，这都是他潜心研究的成效。到现在他不但坚持翻阅《象棋残局大全》《反宫马专集》等书，而且还在网上学会了观看中国象棋大师胡荣华亲自挂盘讲解的《中国象棋实战攻防》

视频……

　　"好！好！精彩！""不下了，不下了，我老王不是你老赵的对手，甘拜下风。"周围的喝彩声和老王叔的讨饶声，将我久远的思绪撤回到眼前。随着四散的观众，父亲也站直了身，他犹如胜仗后凯旋的将军，满脸豪情。

重阳节陪老父亲登高望远

下午下班回家，碰上正准备出外散步的老父亲。黄昏户外散步锻炼，已成为年迈的父亲多年来的习惯。"你今天怎么回来这么早？"对于父亲的发问，我充满了愧疚。多年来，下班后不是忙于加班工作，就是乐于朋友之间的应酬，像今天这样准时下班回家还是第一次，当我告诉父亲我推掉所有的工作和应酬，是专门陪他散步、登高望远时，父亲惊讶之余又欣喜开怀。

陪父亲走了二三十分钟后，来到了我们本次登高望远的目的地——北坡公园。秋日的北坡公园虽很难看到先前娇姿百态的鲜花，但那一树接一树橘黄的叶子在晚霞的映照下，将整片山坡装扮成金碧辉煌的宫殿，格外耀眼。天气晚来秋，秋风虽令人略感冰凉，但大概是由于重阳节的缘故，此时的北坡公园比平时的游人增添了好多，其中大多都是跟父亲年龄相仿的老年人。

这个北坡公园，我踏寻过数十次，父亲也曾游览过好多回。它不知磨灭了我多少趟矫健的足印，也不知深刻了父亲多少回苍老的身影。但像今天，我的脚印踩在父亲身影后还是第一次。望着父亲稍微弓起的腰背，我的双眼突然有种潮湿的感觉。父亲的腰背虽很瘦弱，但却十分刚强，他背负的不仅是我整个童年的欢乐，更是四季轮回的消磨。

落日的余晖，将父亲的背影拉得很长很长，我的思绪也被秋风扯得好远好远。忘不了，儿时的深秋，父亲背着我在山坡采摘酸枣的欢乐。也忘不了，首次出远门求学的那个深秋，乘车离乡时父亲不停的挥手。更忘不了，参加工作那年的金秋，用首发的工资买了一件羊毛衫给父亲时，"乱花钱！"他那充满爱意的责备。还忘不了……捡起片片飘落的黄叶，犹如捡起一个个金灿灿的梦。生命中的又一个金秋即将远逝，记忆中的金秋永不褪色。

随同登高的人流踏着坚硬的台阶拾级而上，父亲好几次驳回我伸出欲搀扶他的手，而是甩开双臂、迈开步，越走越有劲，偶尔还高吼几声秦腔，一下子仿佛年轻了好几岁。

"会当凌绝顶，一览众山小。"登上坡顶的瞭望亭后，终于领略到了登高望远的最佳境界。瞭望亭上，早已挤满了人，极目远眺，城际间原本高耸的楼房若隐若现，坡下的行人蚂蚁般蠕动。

站在瞭望亭上，父亲久久不愿离去，身边的人走了一批又一批，我只好默默地陪在他身旁。晚年的陪伴，是对父母养育之恩最大的回报，也是节日送给他们最好的礼物。

西山悄悄偷藏了顽皮的夕阳，这时偌大的瞭望亭上，只剩我和父亲两人，一阵秋风掠过，父亲猛地打了个哆嗦，我忙脱下身上的外衣，紧裹在父亲身上。挥一挥手，作别西天的云彩，搀扶着父亲走向远处灯光闪亮的家。

我发现了父亲的秘密

时令进入冬季后，天黑得特别早，不到六点，夜色早已罩遍了整片大地。为了避免夜黑发生意外，先前晚饭后一直坚持户外散步的父亲也被母亲剥夺了锻炼的权利，只好待在客厅看看电视、听听戏，然后回房睡觉。

可是最近几天，夜里临近九点时，父亲总会拎着手电悄悄溜出家，一个小时过后，父亲又轻手轻脚地偷溜进门。父亲原以为家人都熟睡，没有人注意到他。岂不知夜里坐在书房里敲打文稿的我，透过没闭合紧的门缝，将父亲暗中的一切行为尽收眼底。这么冷的天，这么黑的夜，是什么促使父亲频频偷着出行？为了一探究竟，我决定暗自跟踪父亲。

次夜，当父亲再次悄悄离屋时，我偷偷跟在他身后远远监视着他。只见他离开家，出了小区，在门口站立了不一会，便轻轻跟在小区隔壁学校刚下晚自习的一群中学生身后慢慢前行。父亲这是干什么呢！为什么要尾随在中学生身后？我百思不得其解，只好继续跟踪父亲，那群中学生走出校门不远，便相互挥手分散而行。这时，父亲舍弃了其余学生，跟随两名女学生拐过街道的尽头，转入一条僻静的乡间小路。突然失去了街灯的照耀，行走在漆黑幽静的小路上，我心底有种阴森森的感觉。风一吹，黑暗中，耳边"哗哗"直向，我的心更加发寒。这时，我记起小区的人们这几天常议论，有变态的色魔，夜间躲在乡间僻静的小路，猥亵上完晚自习单独回家的女学生。难道父亲就是那变态的色魔，要趁黑对那两女学生下手？不，绝不可能！要知父亲曾经是一名优秀的中学教师。退休后，他仍关心着学校的一切，特别是经常拿出一部分退休金，给贫困学生购买毛衣、棉裤和学习用品。他绝不会做出这种丧尽天良的事，可他为什么放过那伙男生，却偏偏跟随在女生身后？"唰"突然一道光亮打破了我的沉思，原来是跟在女生后的父亲打开了手电，大概是闪亮的灯光给走在前面的女生壮了胆，先前畏畏缩缩一言不语的她们，开始说说笑笑。尽情处，你掐我一下，我拧你一阵，打打闹闹地跳回家。父亲一直打开手电跟在她们身后，不快不慢，不慌不乱，待她们各自回家后，父亲又独自返回。

这时，我才反应过来，原来父亲夜晚偷偷离家是暗中护送上完晚自习的女学生平安回家。

父亲的果园

"父亲不在果园，就在去果园的路上。"这是村子里的叔伯们找父亲时，我唯一的回答。

父亲退休后的那年，选取离家最近的一亩半地，种植了一百多棵苹果树以及八九棵桃树、梨树和杏树。然后在地四周隔段栽下一米多高的水泥桩，绷上铁丝网，再在地中央盖了间简易的小砖房，就建成了他的果园。自从父亲的果园建成后，一年四季，从早到晚，大多数时间父亲都辛勤劳作在他的果园中。起先，果树的修剪、拉枝及病虫害虫防治，父亲邀请县农技站工作的表叔专门现场指导。三年后，等果树开始挂果时，用父亲的话说，他已成为半个果树专家。表叔不再亲临果园，父亲独自在果园剪枝、掐花、喷药，一切娴熟自如。

一台小小的收音机和一摞果树培育的书籍，成为父亲果园小砖房里的两大法宝。他一有空，不是收听农林广播，就是翻阅果树书籍。遇到不懂的，就用笔记在日记本上，然后再去请教表叔。就这样，父亲培育出的果子，不论是色泽还是口感，都成为全村最好的。父亲的果园一下子成为村子其余果农参观的基地。他们争先询问父亲的育果技巧，父亲干脆在果园支起一块小黑板，给他们当场上起了技术培训课。

每逢果实丰收的时节，凡是路过父亲果园的行人，不管是认识的，还是不认识的，他总会拽着他们到果园免费品尝。非但如此，父亲还将采摘下来的新鲜水果，给村子里的左邻右舍。这家赠送一筐，那家赠送一篮。当他们付钱给父亲时，父亲拒绝说："快收起来，不要让钱拉远我们的距离。我种果树的目的不是为了发家致富，只是为了怡神养心。我有退休工资，儿子们也有自己的工作，这个家不愁吃、不愁穿。果子丰收了，让乡邻们尝尝，分享下我的劳动所获，就是我此时最大的幸福！"

这几年，随着村子里外出打工的年轻人流的剧增，留守老人的队伍也在不断壮大。为了消除村子留守老人的寂寞感，父亲铲除了果园小砖房后的一片果树，支起了几张石桌石凳，将村子里的留守老人集聚在果园，下下棋、打打牌、拉拉板胡、唱唱秦腔，父亲的果园变成了村里老年人的活动乐园。

如今父亲已七十过五，但是他的身子骨还很硬朗。走起路来有时候连我这个壮小伙也赶不上。父亲说这一切应归功于那一亩半果园，他是在果园的劳动中锻炼了身体，更体验到了人生最大的乐趣。

有一种爱叫放手

目送女儿骑着单车快乐地驰往补习学校，站在轻风细雨中的我，直到女儿幼小的身影消失好久好久，也一动不动。许多年前，我也是在父母这种关爱的注视下离家上学的。今天，昔日的故事重现，只不过故事的主人公，由父母和我延续到我和女儿。也许，此时的女儿，像多年以前的我。单纯的心灵还感受不到父母浓浓的爱意，但我深信，多年以后，她必定会同今天的我一样，为父母那默默的爱而感动、珍惜、回味、留恋……

走回屋后，母亲责备我："沿途有铁路，还要过地道，加之到处在修路，你这样让她一个去补课，放心吗？"放心，我真还有点不放心。先前女儿双休日补课，不管路远路近，一直有家人陪同护送。今天是她十一年来，第一次脱离亲人的陪护，独自一人去补课。好在没多久，接到女儿报平安到达的电话，我空悬着的心才完全放了下来。

女儿逐渐长大了，也慢慢懂事了。她为了减轻家人接送她上下学的负担，要求自己独自去补课。这是件好事，我必须责无旁贷地大力支持。

虽不放心，但必须放手，因为有一种爱叫放手。

我爱我的女儿，深爱着我的女儿！但我不想让自己的爱对她造成束缚，给她背上重压。我的爱很简单，只是为了她快乐。试问，圈在笼子里精心饲养的鸟儿和飞翔在蓝天白云下自由觅食的鸟儿，哪个更快乐？答案不言而喻。儿女需要父母爱的港湾，更需要属于自己的一片蓝天。

先前，每逢刮风下雨，我总会用自己的爱心给女儿头顶撑起一把伞。如今，她羽翼已丰，我要给她一个自己打伞的雨季。让她在风吹雨打的考验下自立、自信、自强，我不愿看到因爱的包围，她面对风雨畏手缩脚的懦夫之行。我希望得到的是因爱的放手，置身风雨的她能振臂高呼："让暴风雨来得更猛烈些吧！"

不吃苦中苦，难为人上人！我忍心让弱小的女儿经受风雨之苦，并不是为了她能成为人上之人，凤中之凤，而是为了让她能看见更加绚丽的彩虹！

父女变奏曲

壹

夜晚，当我和朋友一起觥筹交错时，女儿打电话说做完家庭作业，需要家长批阅并签字。我应允她很快回家给她批阅。孰料，朋友的欢聚不单是一桌饭菜就能尽兴的。酒足饭饱之后，又相互拽扶着去 K 歌。当我踏着凌晨交叉的钟点摇摇晃晃打开家门时，望着趴在桌头熟睡的女儿，被酒精麻醉的神智在一阵揪心的疼痛中突然清醒。满怀愧疚的我抱起弱小的女儿，将她轻轻放在床上。给她盖被的同时，女儿还喃喃地说着梦话"爸爸……作……作业……"安顿好女儿，我静心批阅起她搁在桌头的作业，生怕批错一个字，阅错一道题。

贰

深夜，当我打完麻将回到家，再次看到女儿搁在桌头的作业时，看也没看，提起旁边的红笔，打了一连串对勾后便倒床就睡。这些天，夜间朋友之间的聚会和应酬少了，我却迷上了麻将。起先打完麻将回家后，还像先前那般仔细批阅女儿的作业。玩着玩着，既劳命又伤财，输钱不说，关键是身体吃不消。夜晚打完麻将回家后，再也没有心情，也没有精力去认真检查、批阅女儿的作业，便应付差事般胡乱打个对勾了事。

又一晚饭后，当麻友打电话说三缺一，喊我救场时，女儿首次阻拦住我"爸爸，你别打麻将了，行不行？你看你最近给我改的作业，我写错的字，做错的题，你全给我打成对勾。老师批评我，同学嘲笑我，这书我怎么念？"女儿的责问，如晴天霹雳，在我头顶炸响，猛然惊醒了迷失的我，此后我再也没有触摸过麻将。

叁

这是一个双休日，我掐断直瞅着手机界面三四个小时的视线。揉了揉发疼的双眼，走出房间，才发现女儿不知何时已坐在客厅看电视。问她作业做没做完时，她说"你还知道关心我的学习？我以为你只关心你的手机。"女儿的话令我一时不知所措。是的！慢慢回想起来，我是从一个极端走向另一个极端。拒绝了聚餐，告别了麻将，又沉迷于手机。我在手机中迷失方向的同时，女儿也开始痴迷于电视。她在电视中也辨不清南北。我躺在床上玩手机，女儿睡在沙发上看电视，这是我们家庭的主画面。我们父女俩迷失在高科技的信息时代，找不到回家的路。

肆

参加完女儿学校的家长会及期中考试质量总结表彰大会，我的心中犹如打翻了五味瓶。小学六年来，领奖台上第一次缺少了女儿的身影，家长会上我也第一次在老师面前抬不起头。回到家，没有听到往常的电视声，客厅的沙发上也不见平日睡卧的女儿。走进内屋，坐在书桌前写作业的女儿突然直起身扑倒我怀，哭喊道："爸爸，对不起，女儿不争气，让你失望了！"我紧紧抱住她"是爸爸不好，爸爸不称职、不负责，路走错了，就得回头，我们重新上路。爸爸相信你未来的路会越走越开阔。在爸爸心中，你永远是最棒的！"没有更多的语言，一时只是任父女俩的泪水交融在一起。

伍

给女儿听写完英语单词和语文字词后，她开始做数学习题，我在一旁默默阅读小说。期中考试后周一到周五，每天下午放学后我和女儿的生活就这样重复着。节假日，我带女儿去河堤散散步，逛逛超市，陪女儿看看电影。散步中，女儿喜欢用学过的诗文来赞美看到的景物。游逛中，女儿勤善用学过的英语读出超市陈列的物品。看完电影后，女儿也沉醉于将自己的感受撰写成文。她看完电影《念书的孩子》后撰写的影评《让爱的阳光温暖留守儿童的心田》刊发于《七彩雨文学》。不久带她参观完刚落成的县科技馆后，她的参观记《感受科学的魅力 探索科学的奥秘》刊发于《西狐作文》，极大地激发了她的阅读和写作兴趣。

在学校刚刚结束的元月份月考表彰大会上，女儿再次以总分年级第三的优异成绩登上了领奖台。当女儿开心地将领来的奖品递到我手中时，女儿笑了，我也笑了。我们父女俩灿烂的笑容夹杂在一起，融化了整个冰封的雪冬。

女儿的补丁袜

周五放学带女儿回家后，她一头扎进母亲的怀里"奶奶，我想死您了！"边喊边撒娇。母亲一会儿摸摸女儿的头，一会儿又掐掐女儿的脸，还不住抱怨"你看你爸爸怎么照看你的，你又瘦了！奶奶的心又发痛了。""不痛，不痛！我给奶奶揉揉就好了。"女儿伸出稚嫩的小手在母亲的心口揉来揉去。母亲笑了，女儿也笑了。女儿笑得很灿烂，母亲笑得很幸福！

女儿躺在母亲的怀里撒完娇后，伸出她的小脚丫"奶奶，您瞧！袜子后跟又破了个洞，您给补补。"母亲再次抱怨我"你看，孩子袜子破了也不知给她换新，你怎么当爸爸的。"还没等我辩解，女儿抢着嚷嚷道："这不怪爸爸，我就喜欢穿奶奶补的补丁袜。""好，奶奶给你补。"母亲在她的针线包中，翻出一块花布丁，戴上老花镜，一针一线给女儿缝补起棉袜。不一会儿，女儿破损的棉袜在母亲苍老但不失灵巧的手中补好了。棉袜后跟不因添补了一片布丁而显丑，布丁上母亲扎出的翩翩起舞的金蝴蝶让破损的棉袜变成了一件精美的工艺品。女儿穿着母亲缝补的棉袜犹如快乐的花蝴蝶在房间蹦来蹦去。

一年前的初冬，当发现就读小学五年级女儿的棉袜被脚趾穿破后，我准备扔掉它，给女儿买条新袜。女儿拦住我说"爸爸，别扔！让奶奶补补后我再穿。"我张大了嘴巴"为什么？""你不是说穿奶奶补的袜子特暖和吗？"面对女儿的发问，我笑着点了点头。那是前不久的一个夜晚，当我准备上床休息时，女儿好奇地问我"爸爸，我发现我们家不仅奶奶喜欢穿自己补的棉袜，爷爷和你也喜欢穿奶奶补的棉袜，那是为什么？"我当时只告诉她，穿母亲补的棉袜，冬季感到特别暖和。她听后晃动着一双明亮的大眼睛说"那我以后棉袜破了，也让奶奶补补再穿。"我原以为她只是一句玩笑话，但孰料童言无欺，她一下子当真了。妻子说"现在的孩子谁还穿补丁袜，也不怕人家笑话？"女儿反驳道"周总理都喜欢穿邓奶奶缝补的睡衣，我一小学生怎么就不能穿奶奶缝补的棉袜？"女儿的反问逗得我们全家都乐了。母亲说："难得我的小孙女这么懂事，奶奶一定将你的棉袜补得漂漂亮亮，穿出去绝不丢人。"

自那以后，女儿的袜子破损后，母亲总会用平时积攒的花布丁给她精心缝补。小小的补丁，只因嵌满母亲绣刺的精美图案，给原本伤痕累累的棉袜添补了鲜活的光彩。

春天花会开

2019 年正月十三，虽然春节浓厚的喜庆气息已悄然退去，但是街市两边各式各样的灯笼争先恐后的亮相。阵容庞大的社火表演在迎接元宵节到来的同时，也在极力挽留新年的脚步。从天飘飘洒洒而降的小雪，冲淡了行人内心骤然而升的喜悦。急剧下降的气温，让人感到这个春节有点冷。

就在我略感心寒体冷时，陪女儿上街看社火的妻子打电话说，女儿突然双腿无力，走路不稳，连连跌跤。怎会这样？女儿早上出门时还活蹦乱跳，拉着妻子去街上逛，顺便备一些新春开学的学习用品。怎么就走不了路呢！我不敢相信这是真的，但是妻子绝不会拿女儿的健康跟我开玩笑。这个消息更是雪上加霜，使我原本冰凉的心冷透到底。

愣了好几秒，我忙跑向街道，和妻子将女儿送到县中心医院进行检查。原以为她是缺钙或缺钾，但是通过电解质等检查，她的各项指标正常。对于这样的结果，我和妻子仍然不放心，随后我们又将女儿转到市中心医院检查。虽是下午，也是星期天，但医院急诊科排队挂号的人流如一条长长的蚯蚓慢慢蠕动。挂号、就诊、住院，待一切安顿下来时已是华灯初上。

第二天，通过磁共振、电解质、B超、腰椎穿刺等逐项检查、排查，女儿被确诊为小脑炎。医生告诉我，这个病可轻可重。轻者用不了多久就可痊愈出院，重者可能导致瘫痪，目前唯一的办法就是边治疗边观察。医生的话让我的心蒙上了一层厚厚的阴影。

从门到窗户是七步，从窗户到门还是七步。正月十五，当漆黑的夜空被缤纷的烟花点缀得璀璨亮丽时，我没有一丝心情去欣赏那美妙的图案，拖着沉重的脚步在小小的病房踱来踱去的我，望着病床上熟睡的长女，心中犹如打翻了五味瓶。要知从出生到现在，她一直很健康。从来没吃过一粒药，也没打过一支针，这回怎么就突然倒下了？如果说大女儿生病住院是生活甩给我一记响亮的耳光的话，小女儿的高烧不退则是命运扇向我的另一厚实的巴掌。就在中午，母亲打电话说不足两岁的小女儿哭闹不止，妻子忙从医院又赶回家去照看小女儿，当从她口中得知小女儿高烧不退时，我的心刹那间崩溃了。

正月十六，新学年开学报到的日子，我不得不给女儿和我自己请假。给女儿的假好请，给班主任说明情况后即时准许。给自己请假，我不知该如何向校领导开口。要知刚度过一个寒假，开学报到第一天就张口请假，领导会怎样认为呢？可我又不得不开口。犹豫再三，最终只好硬着头皮给校领导开口请假。好在领导问明原因后格外开恩，"放心给女儿看病！"就这简短的一句话，却如春阳融冬，温暖了我连日来冰冷的心。

小时候，我很少抱过大女儿。现在，我想抱她时，却已抱不动了。每次做检查，将女儿从病床抱到床旁的轮椅上，我也甚感吃力。每天除了看护她挂吊滴外，就是不停地给她揉腿、捏脚，反复给她按摩，然后搀扶着她在走廊走步。为了给她打饭期间避开电梯排队等候的人群，步行从十楼下到一楼，又从一楼上到十楼已司空见惯。女儿说我在医院陪她的第一晚，如雷的打鼾声吵得她一夜没有休息，以后每晚我总是硬忍着不让自己入睡，我一次又一次用手机在百度中查找，希望能从那些闪动的字眼中搜寻到治好女儿的灵丹妙药。我所付出的一切努力，都是在弥补对女儿的亏欠。如果上天在惩罚我，为何不将所有苦果让我独自承担，而是要残忍的去摧残弱小的女儿？我在对女儿的愧疚中抱怨着不睁眼的老天。

几天来，大女儿的病情始终不见好转，令我一直愁眉不展。小女儿烧退的好消息以及来自亲友间的安慰和鼓励，仿佛给我虚弱的身体注入了一支强心剂，多少弥补了我碎裂的心。大女儿的病情不容乐观，但对于父母的询问我却一直报喜不报忧。妻子告诉我，自她回家照看小女儿，年迈的父母就为孙女担心，整日以泪洗面。妻子告诫我，不管大女儿的病情如何，父母问起总要告诉他们不停好转。她反复叮咛："千万别让二老再受刺激，如果他们再有什么闪失，那这个家就毁了！"

住院、出院……出院、住院，同房另两张床不停更换病童。女儿问我她什么时候才能出院，她急着去上学，听老师讲课，和同学跑步。每当女儿问及这些时，我的心就发酸。都说男儿有泪不轻弹！只是未到伤心时。我强忍眼眶涌动的泪水，不让它滚下。我紧握住她的手，告诉她"孩子，不要着急，你很快会好起来的！这个春天虽然有点冷，但是春天是花开的季节，你就是春天的花，必定在属于自己的春天尽情开放。坚强点，爸爸陪你一起战胜病魔，给你、也给爸爸的人生打造一个万紫千红的春天！""嗯！"女儿使劲地点了点头。

这一夜，我做了一个梦。我梦见，踩着暖暖的春阳，我和妻子陪着父母，带着女儿去野外领略大自然的神奇和美妙。两个女儿犹如两只美丽的蝴蝶，在百花丛中快乐地起舞。

彩虹灿在风雨后

这是夏日的一个傍晚，一场突然而来，又悄然而止的风雨，冲刷掉了烦闷的燥热。也扯近了人和天的距离，先前远在天边模糊的青山一下子窜到眼前，格外清新。女儿挣脱掉我的搀扶，蹒跚在晚霞映照下的花丛中。一会儿用鼻子嗅嗅花，一会儿用手摸摸草，显得十分开心快乐。"彩虹！"随着女儿的欢叫，一道灿烂的彩虹将西边的天空结织成一匹美妙绝伦的绸缎。这是新年过后，女儿首次户外散心，她在床上躺了整整三个月。这三个月，是我眼里最黑暗、心中最痛苦、人生最漫长的岁月。望着在七彩的霞光中欢呼的女儿，连日来遮在我眼前的阴云骤然而散，抑郁的心情也随之豁然开朗。

正月十三，我正在家逗不足两岁的小女儿玩，带着大女儿上街看社火的妻子突然打电话说大女儿猛然双腿无力，走路不稳。闻讯后，我忙跑到街道，和妻子将大女儿送到县中心医院检查，可通过抽血、心电图、CT 等各项检查，女儿的指标都显示正常。随后我们又将女儿转到市中心医院。在市中心医院，通过医生的检查会诊，初步断定女儿是小脑炎。

由于小脑供给不足，引起下肢行动失调。医生说住院挂几天吊针消掉炎症就好了。

正月十六，迎来了新学期的报名日，躺在病床上打点滴的女儿问我："爸爸！什么时候能上学？"我轻松的回复她："乖女儿，别心急！我已给你们老师和学校请好假，再有三五天，你就可以出院上学。"万万没有料到，挂了三五天吊滴后，女儿的病情非但没有好转，反而日益加重。我先前侥幸轻松的心情荡然无存，随之心头压上了一块重重的巨石。我和妻子随后又将女儿转到省城西安儿童医院，这是全西北最权威的儿童医院。

第二天，通过各项检查，主治医师告诉我和妻子，女儿是先天性脊柱畸形。我和妻子一时吓傻了眼。"先天性脊柱畸形！"不管是妻子还是我，都不愿相信这个诊断结果。十二岁的大女儿，自小到大，一直健康活泼。后来我们不得不接受这个残酷的现实！医生说，女儿的病必须进行手术。先取掉胸段受损的骨头，然后再打钢钉拉直弯曲的脊柱。医生告诉我们夫妻，女儿的手术是一个大型手术。为了确保手术的成功，他们必须制定详实的手术方案，然后通过 3D 模拟，才能手术。医生还说，为了避免女儿再次受损，手术前女儿只能躺在病床上。

接下来，两周多时间，女儿一直躺病床上打点滴。小时候，我很少抱女儿，当现在我想抱她时，才发现已抱不动她。每逢做检查时，我和妻子一人抬头一人抬腿将女儿抬到平板车上，推到各科室去检查。检查完后，又将她推回病房，平抬到病床上。女儿是个性格很要强的女孩，为了不让她的心灵产生过大的压力，我们一直对她隐瞒病情。好在女儿表现得很坚强快乐，不管病魔怎么折磨，她从不喊痛。当隔床的小弟弟害怕打针哭闹时，女儿不住地鼓励他。在女儿逗趣的笑话和引人的故事中，隔床的小男孩不再哭闹。

住院半个月后，医生开始给女儿做手术。手术前，我和妻子还笑着鼓励女儿坚强些，别害怕！当女儿被推进手术室，我们被隔在手术室外时，我的眼睛突然噙满了泪水，妻子已泣不成声。我轻拥着妻子，站在手术室外，开始了漫长而又焦急的等待。从早晨九点将女儿送进手术室，我和妻子就一直等待在手术室外。医生曾对我们说，女儿的手术得四至六小时，甚至更多。

　　起先，看到和女儿同时推进手术室的孩童，被推出手术室时，我们没感到多少担忧。后来当看到后于女儿推进手术室的病童一一推出手术室外时，我们的心就发急了。盼望着女儿手术早点结束。六个小时过去了，还不见一点消息。八个小时过去了，仍没有一点消息。我和妻子越来越担忧，亲友们也不住打电话询问。十个小时过去了，夜色已笼罩了整座医院，但还是不见一点消息，我和妻子早已站不住了。不停在手术室外徘徊，我们的心已惶恐不安。这种惶恐不安父亲十年前手术时，曾经有过。可是父亲那时的手术只有三个小时，就结束了。这次女儿的手术长达十多个小时也不见动静，怎能不令人担忧？这时，耳边不住飘荡手术前医生告诉我们手术中出现的各种风险：如钢钉突断、麻药过重、再次损伤脊髓，甚至……我很清楚，医生所说的任何一种风险，砸在我们头上，都是我们不能接受的一场噩梦。我不住暗暗祈祷，乞求上苍开眼不要让医生所说的千万分之一的手术风险发生在女儿身上。就在这种祈祷和不安中，手术室的门打开了，女儿被推出手术室。我和妻子忙跑上去，当医生边摘掉手术帽边告诉我们手术很成功时，我们边哭喊着女儿的名字，边对医生连连说感谢。

　　女儿手术后，被送到重症监护室。她还是那般坚强，由于她是趴着做全麻手术，时间太久，额头和脸蛋都被压烂，留下一圈又一圈伤痕。女儿只是轻声问医生："叔叔、阿姨，我脸上的伤能好不？"当医生告诉她这种伤痕很快会消除时，她坦然地笑了。随后她嚷着口渴，要喝水。医生告诫她手术后六小时不能喝水，她便硬忍着干渴的喉咙不再嚷叫。

那夜，我和妻子坐在女儿身旁，激动中又充满担忧。因为医生说，手术虽然非常成功，但是女儿的双腿却没有一点动静，以后能否正常走路很难说。这些话给我们刚刚温暖起来的心又浇了一桶凉水。好在第二天早晨，医生复查时，女儿已能抬动双脚。医生告诉我们不用担心，再过数日，女儿定会像常人一般行走。

女儿的手术成功了，我和妻子松了一口气。但是高昂的手术费和医疗费，成为另一副重担压在我们的肩头。患难识朋友，更能见真情！当我向一朋友张口借钱时，被他婉言谢绝。曾经为了帮助他，我不仅将自己准备买房的钱借给他，而且还从朋友处借钱帮他。他的回绝，是我万万没有想到的，这就是现实的人生。比这更令我难以接受和气愤的是，年前另一朋友说手头紧过不了年关，让我给他借点钱应应急，最多十天半个月就还我。可是一个多月过去了也不见他回音，当我给他打电话说女儿手术急用钱时，他起先说马上归还，后来不是拒接电话就是关机。妻子埋怨我"你看你，结交的都是什么朋友！"幸在山重水复疑无路，柳暗花明又一村。我正犯愁时，身边的亲友和同事纷纷向我伸出了援助之手，你三千、五千，他八千、一万。很快帮女儿凑齐了医疗费。在女儿住院和回家休养的期间，同事、同学、朋友、亲戚接连看望、鼓励女儿。这一切让我们全家又感到了温暖。

特别要感谢的是女儿的主治医生李楠大哥。他不停地和我们沟通女儿的病情，不断鼓励女儿。手术后女儿换药拆线时，他将女儿抱出抱进，一次为了抱女儿换药，他还扭伤了腰。还有护士孙芸晨，一位二十左右的年轻姑娘。她每次给女儿挂点滴时，都会轻声鼓励、开导女儿，女儿说她是全医院最温柔的护士。

女儿手术在医院躺了一月后，恢复很好，伤口也已完全愈合。医生建议回家休养，同时又告诫我们，由于她在病床躺的时间太久，不要让她急于下床走动，逐步锻炼，学着行走。

如今出院回家又过一月，女儿从当初要人搀扶着慢慢挪动，演变成现在已独自行走锻炼，而且一天比一天走得稳。这不，今天雨后天晴，她硬拉着我要去河滨公园赏景。她已错失了观赏万紫千红的阳春美景，我怎忍心让她再错失欣赏生机勃勃的初夏风光？有好几次，面对起伏的坡路，我怕她跌倒，伸手搀扶她，都被她挣脱。女儿说："爸爸，这次因我，你和妈妈受苦了！我要让自己坚强地站起来！我要为自己申请一个不再需要父母打伞的雨季！我要证明给你们看，离开树林的怀抱，幼苗也能长成参天大树！"

这是我听到最舒心的一段话，女儿长大了！海明威在《老人与海》中写道：生活总是让我们遍体鳞伤，但到后来，那些受伤的地方一定会变成我们最强壮的地方。女儿这次患病，不仅使她变得更加坚强，也令我和妻子成熟了许多。

"把握生命里的每一分钟，全力以赴我们心中的梦。不经历风雨怎么见彩虹？没有人能随随便便成功。把握生命里每一次感动，和心爱的朋友热情相拥，让真心的话和开心的泪，在你我的心里流动。"不远处，一位青年正用萨克斯深情的吹奏着熟悉动人的乐曲。悦耳的旋律，不仅感染了公园的游人，更渲染了天边的彩虹。

是的，不经历风雨难见彩虹！彩虹灿在风雨后！

小宝贝，你就是盛开在我心头的太阳花

　　这是冬日一个阳光灿烂的午后，温暖的艳阳驱走了冬日的寒气。推着可爱的小女儿，来回摇晃在街心公园，一股春天般的暖流荡漾在我的心房。我的乖女儿，你笑了，你甜甜地笑了。你甜美的笑容犹如夺目的太阳花盛开在我的心头，成为这个冬天最美丽的风景，温暖了我的四季，点缀了我的人生。

　　公元2017年农历二月初二，传说中龙抬头的日子，只因你一个幼小的生命降临，使原本幸福的家庭更加美满。你年迈的爷爷和奶奶，在你姐姐出生后，一直急切盼望再增添一个小孙孙。农村传宗接代的封建思想对他们的腐蚀较重，可是这次，他们没有因你违背他们长达十年的意愿而歧视你、冷落你。两位老人笑得合不拢嘴。特别是你奶奶，将你紧紧抱在怀中，生怕别人争抢。长你十岁的姐姐，也不因你分割了原本属于她的爱而忌恨你，她对着你嫩嫩的小脸蛋亲了又亲。你的妈妈，只是用激动的泪水表达了纯朴、伟大的母爱。我，你笨手笨脚的爸爸，除了傻笑还是傻笑。

可爱的小宝贝，你的降临，给家人带来无限欢乐的同时，也改造了我的世界。你的爸爸，信奉大男子主义的我，从不触及家务。但自你出生后，我开始在洗碗做饭中体验家务劳动的乐趣，在换洗尿布中感受为人之父的幸福。你的姐姐说我对你很偏心，她说我的这些举动从未在她身上体现过。这一点我从不反驳。作为父亲，对她我常负满愧疚。小时候，我很少抱她，等现在想抱她时，才发现早已抱不动她。为了避免作为父亲的我再次愧疚，我利用有限的时间将无限的爱转嫁给你。"我走娃未醒，我归娃已睡，为师已无憾，为父心有愧。"这是一名老师在朋友圈发的一个人生感悟。由于工作忙，我从周一到周五，只有通过视频，才能看你学爬床，听你学叫爸。只有周末，我的全部时间才完全属于你，我迷恋于将你撂上撂下，听你咯咯直笑，我反复于做鬼脸、讲故事，只为逗你开心。

今天又是一个周末，你的妈妈下村去扶贫，你的爷爷陪奶奶去做理疗，你姐姐去学跳舞，将正好满九个月的你交给我一人照看。这是我首次独自一人照看你，一会儿给你和奶粉，一会儿给你换尿布。你一会儿哭，一会儿笑，从早到午，为了哄你高兴，虽手忙脚乱，但我累并快乐着。特别是牙牙学语的你拼劲喊出的"爸爸！"那简单的两个字，成为世界上最优美的文字在我泪花扑簌的双眼闪烁。

你是快乐的，我就是幸福的！推着快乐的你，我幸福地穿梭于大街小巷，我只想让时间永远定格在这个阳光灿烂的冬日午后。

第三辑　改变我人生的老师

追忆路遥

二十多年前，正处于花季少年的我，开始对文学狂热的追求，应归结于一个人，一部小说。二十多年后，已迈于不惑之年的我，重新患上文学发热症，仍归结于一个人，一部小说。这个人，这部小说，改变了我的人生，那就是路遥和他的小说《平凡的世界》。

初触《平凡的世界》

自上初中起，我就喜欢上了看小说。那时只喜欢看武侠小说，而且非梁羽生和金庸的武侠小说不看。我清楚地记得所看的第一本小说就是《倚天屠龙记》，后来便是《七剑下天山》《云海玉弓缘》《侠骨丹心》等。起先看小说只是在晚上，从那时起养成了看不完小说不睡觉的坏习惯。当时为了怕被父母发现，晚上早早关掉房间的灯，趴在被窝捏着手电看。或者将小说放进奶奶装东西的小木匣，然后将电灯泡吊进木匣里偷看。后来发展到白天上课时偷看，也曾被老师发现，教育过好多次，但一直未曾更改。这样直到刚升入初三。那是一节英语课，别人正在认真跟老师读单词时，我趁老师不注意低头偷看桌兜里的《笑傲江湖》。看得正起劲，觉得小说上的光线突然暗了下来，猛一抬头，老师不知何时已站到我跟前。他没多说什么，只是示意我好好读单词，同时默默收走了我的小说。下课后我被英语老师带到办公室。迎接我的不是想象中劈头盖脸的责骂，他只是轻轻摸了一下我的头说："你看的是什么乱七八糟的小说，如果你真爱看小说，我这有一本小说，你拿去读读。但是我有一个要求，以后不要在课堂上看，在不影响学习的前提下利用课余看，能做到不？"我点点头，他顺手递给我一本小说，它就是《平凡的世界》，临走时他告诫我不要忘记向他许下的承诺。

不完整的《平凡的世界》

从英语老师房间走出时是星期六中午，那时还未实行双休日。星期六下午回到家做完作业后，我便拿出《平凡的世界》开始阅读。这一读，中间除了母亲喊吃饭外，目光再也没有移开过，直到第二个周一清晨，我终于读完了整本书。那时老师带给我的只是《平凡的世界》第一部。当我早晨到校后，将书还给老师时，他很吃惊我的阅读速度，顺便问了书中几个细节，我一一做了回答，并当面背起了《平凡的世界》开头"1975 年二三月间，一个平平常常的日子，细蒙蒙的雨丝夹着一星半点的雪花，正纷纷淋淋地向大地飘洒着。时令已快到惊蛰，雪当然再不会存留，往往还没等落地，就已经消失得无踪无影了。黄土高原严寒而漫长的冬天看来就要过去，但那真正温暖的春天还远远地没有到来。"老师对我的记忆力大为赞赏，随后他又递给我第二部。告诫我将心多用于学习上，别再彻夜去看小说。我用了不到一周时间读完第二部，当我将其归还他并向他借阅第三部时，他告诉我不小心弄丢了。读了一个没有结局的《平凡的世界》，心中除了遗憾还是遗憾……再后来我将更多的精力用于学习之上，学习成绩快速提高，特别是英语学习更是如鱼得水。只不过心中好长一段时间总以没有读完《平凡的世界》而纠结不停。

走近路遥

　　虽然我没有读到完整的《平凡的世界》，但当时心中刻下了一个难以磨灭的名字——路遥。当时全班兴起了追星热，我丝毫不为所动。那时我对路遥的崇拜程度不亚于其余同学对小虎队和四大天王的崇拜。时隔不久我给路遥写了一封信，信中向他表达了我心中的所有感受。由于不知他的确切地址，我抱着试试看的态度寄向了陕西省作家协会。谁知没多久我便收到了他的回信，信很短，只是鼓励我好好学习。但是当时带给我的振奋，至今也用笔无法表达。不料这成了我们唯一的一次交往。那是一个没有阳光的冬日下午，我无意间从手音机中听到路遥突然逝世的消息后，犹如晴天霹雳，泪水不知何时浸满了眼眶。我觉得自己失去了很亲很亲的人。也从那以后，每年的11月17日，我均会找附近的教堂为路遥祈祷，并在心中默念：人死了，他的灵魂还在吗？路遥，但愿你的灵魂永在！一年后当我接到路遥生前好友——当时陕西省作家协会副主席赵熙受托寄给我的《平凡的世界》完整的三部及路遥绝笔《早晨从中午开始》时，我迷蒙的双眼已看不清书上的大标题。虽然这是一个迟到的转赠，但是我为他们能记挂我一个渺小的学生而深深感动。当时赵熙老师还给我赠送了他的作品《路遥在最后的日子里》，我也托他代我向路远（路遥之女）表达问候和祝愿。后来到岐星小学任教后，我曾创建了学校《浪花》文学社，并特邀赵熙老师担任文学顾问。很感谢赵老师多次给文学社主刊《浪花》小报和学生的习作进行指导，给出了难得的修改和提升意见。

1993 年在丹桂飘香的金秋，我跨入了陕西省凤翔师范学校的大门。入学一周军训后的一个下午，我拖着疲惫的步伐走进学校的阅览室，想借本小说看看，调节调节大脑。突然，《路遥文集》几个字跃入眼帘，心头的惊喜犹如哥伦布发现新大陆。在我苦苦央求下，管理员老师格外开恩，将《路遥文集》五卷书全借给我。抱着它一口气跑回宿舍，趴在床上啃读起来。它的第一卷就是《平凡的世界》，一投入便忘却了时间，宿舍十点熄灯后，我一手持蜡烛，一手持小说，直读到第二天天亮。我在首次读完《平凡的世界》后将手中的小说高高抛起，那种欣喜一时难以表达，只是任泪水打湿了衣襟。后来在班级一次演讲中，我动情读完《平凡的世界》后已泣不成声，而这哽咽声刹那间被热烈的掌声所淹没。在我的带动下，全班兴起了一股疯读《平凡的世界》的热潮。那时正逢书店畅销《平凡的世界》合订本，全班四十四名同学，拥有合订本《平凡的世界》的不下二十人。好长一段时间，全班同学之间交流最多的就是《平凡的世界》。当时有同学可能不熟悉联合国秘书长的名字，但绝不会不熟悉路遥、孙少安、孙少平……也从那时起我喜欢上了文学，庆幸的是我投进邮筒的第一封作品作为特设专栏刊登在 1994 年 2 月份《作文精选》之上。接到杂志社寄来的十元稿费，我买了一包香烟跑向学校附近的教堂为路遥默默祈祷，我一根接一根为他点燃手中的香烟，让远在天堂的他分享我的成功。

　　在凤翔师范读书的三年里，也许是上天对我的垂爱，凡装进信封投进邮箱的作品均变成铅印文字发表。我的名字不时在《当代中学生》《中师生报》《中学生诗报》等报刊闪现。1995 年 10 月，作品《青春无悔》获鲁迅青年文学奖，我站在了北京的领奖台之上。那年我十八岁，当站在八达岭之顶时我心中只默念一个名字——路遥！年少轻狂的我当时在天安门广场，看着五星红旗冉冉升起时，曾暗誓定要写出像《平凡的世界》那般极具影响力的巨作。然而多年之后我仍凡人一个，基于这一点，我的人生只算个失败的人生。

路遥及《平凡的世界》带给我的影响

可以说我人生观的真正建立，就是从读《平凡的世界》时起。对于大众来说，它不仅是一本书，也是一座指引人生方向的灯塔。它为一代又一代迷茫的青年指明了道路，激励着年轻一代不断奋进。对学生时代的我来说，用不成熟的目光捕捉到的只是狭隘的生活片断，写出的作品犹如蹒跚学步的幼儿，满身稚嫩。那时一闲下来就不停翻阅《路遥文集》，特别是《平凡的世界》，读了一次又一次，每读一次对生活的感悟就加深一份。记忆中，1995年暑假的一个夜晚，当我再次读完《路遥文集》后，书中的情节浓缩成一张张影片在脑海中不停放映。突然想起即将迎来路遥逝世三周年祭日，自己该为其做些什么呢？思来想去，萌发了用路遥作品的名字串成一首小诗以作纪念的想法。当时已是次日凌晨，意念一动，马上掀被而起，坐在桌前，铺开稿纸，提笔而下：《黄叶在秋风中飘落》/一颗《在困难的日子里》/不知多少次《早晨从中午开始》的/文学《匆匆》灿烂之星/告别了《平凡的世界》/成为《人生》之路的《匆匆过客》/《月夜静悄悄》/我的心何其《痛苦》/路遥——好绝妙的名字/可《人生》漫长的道路/你仅走了个开头/《平凡的世界》听起来何等平凡/然而正因为它的平凡/才在人们心中深深刻下/一个不平凡的名字——路遥。然后将这首题为《悼路遥》的诗作装入信封寄给了《当代中学生》杂志社。10月份一个周末，我和同学路过一家报刊亭时，发现了挂在眼前的《当代中学生》第十期。打开封面，在下期预告中出现了《悼路遥》，凭直觉我想应该是我的作品。果不出所料，11月份的《当代中学生》上刊登了我的作品。随后我用得来的十五元稿费买了一束康乃馨，插在摆放在《路遥文集》旁的花瓶中，我要让《路遥文集》成为开在我心中永不衰败的花。毕业留言中，好多同学都祝愿我尽早实现文学梦、路遥梦。十九岁那年金秋，我站在了三尺讲台之上，开始了教学生涯，那时的我心中的文学梦一直未曾放弃，也在《陕西日报》《教师报》《当代青年》《宝鸡日报》以及陕西人民广播电台、宝鸡经济广播电台发表过不少作品，只是后来再也找不到一丝灵感，也失去了先前的创作激情，偶尔被某事物感动想提笔写点东西时，似有千钧之力压在笔端，一时竟不知该如何落笔，此后便再也不去动笔。时过境迁，当时意气风发的愣头青早已被生活打磨成皱纹丛生的教书匠，可是对路遥的崇拜一直未曾衰退

用路遥的作品照亮我和女儿的人生

女儿九岁生日那天，我正好又一次读完《路遥文集》。晚饭后我带她散步的时候，给她简单讲述了路遥的小说《在困难的日子里》。主要向她讲述了主人公马建强在失去母亲，连饭也吃不上的困境中，在老师和同学帮助下怎样战胜饥饿，完成学业。可以肯定地说，文中所表达的主人公的困境生活，对于现在的小学生来说根本无法去想象，现在的她们根本不懂得什么是饥饿，而且大都是独生子女，孤单的生活给她们造成了严重的自私心理，根本不懂得礼让。我不奢望她现在去读或者读懂此小说，只是将其浓缩成简短的故事，让主人公所表现出的正直无私、坚强不屈、自尊自爱、乐于助人的美德对她多少有点启发，让她自现在起学会谦让、懂得关爱。再后来我给她不断讲述《平凡的世界》，让她懂得尽管命运是那样不公、尽管社会是那样不公，可只要自己能够不屈不挠、艰苦奋斗、勇往直前，最终一定能获得成功。我决定从即刻起引导她去读路遥的作品，希望她再用一个九年的时间去读懂路遥的作品，让路遥的作品点燃她的人生，以正确的价值观、人生观去走向社会，迎接挑战。

也在那时，我重新找回了阔别已久的写作灵感。路遥及其著作再次点亮了我的文学热情，我又一次挑笔而作。"我认为，每个人都有一个觉醒期，但觉醒的早晚决定个人的命运"。这是路遥的经典名句，此时我虽觉得自己觉醒有点晚，但庆幸的是自己不再噩噩昏睡中。"一个人生活中肯定应该有理想，理想就是明天。如果一个人没有明天，他的生活在我看来就没有了意义。就是一个社会也应该有它的理想，那就是这个社会明天应该是一个什么社会。无论一个人，还是一个社会，他们所有的实践和努力都是为了向更好的方向发展。"这也是路遥的经典名句，它指引着我迈向明天。

路遥的英年早逝，对于中国文坛而言是巨大的损失。留给我的是存在心底那残缺的遗憾。路遥是坚强的，他在不断同命运抗争，倾注自己的心血，用顽强的精神和饱满的笔墨写下了现代中国文学史上极具分量的作品。他的作品，即使你没有读过，但一定听过。他创作的《人生》《平凡的世界》等一系列经典作品影响了一代人，给人们以希望、以力量。路遥承受的苦难，令他的作品有深刻的主题，他的文字注重人类普遍存在的问题，即：生存与死亡，命运与抗争。他的作品超越了时代，超越了人生。

"只要不丧失远大的使命感，或者说还保持着较为清醒的头脑，就决然不能把人生之船长期停泊在某个温暖的港湾，应该重新扬起风帆，驶向生活的惊涛骇浪中，以领略其间的无限风光。人，不仅要战胜失败，而且还要超越胜利。"今天，正是路遥坚强的精神和不朽的作品再次唤醒了沉睡多年的我，我将自己的微信号改为"追忆路遥"，并创建了以文会友为目标的"追忆路遥"微信公众平台，为的是向这位伟大的作家致敬，同时，也尽力追寻他曾经奋斗过的足迹，让自己努力在平凡的世界里活出不平凡的人生。

飘荡在校园清晨的悦耳乐曲

天刚蒙蒙亮，顶着刺骨的寒风，紧裹了下松懈的棉衣，挺直萎缩的身子，我信步走向学校。

"哗——哗"还没跨进校门，就听到扫帚划过地面的声响。是谁这么早用美妙的音符唤醒沉睡的校园？一道模糊的身影跃入我的眼帘，细眼一瞧，我们的陈校长正弓着腰身，轻轻挥动着手中的扫帚，清扫校园的落叶。一副绚丽的画卷在冬日冰冷的晨风中舒展，那道模糊的身影在我心头逐渐放大，一股暖流填满了我的心田。这一天是星期一，正好我值周，因此我比平时提前一个多小时到校，没想到还是落在了陈校长身后。没有多说什么，我也拿起一把扫帚，和他一起去打扫。不一会儿，老师们接二连三的到校了，他们也没有更多的话语，只是拿起清洁工具跟在我们身后默默打扫。紧接着，陆陆续续到校的学生也加入了打扫队伍，大家共同奏响了净化校园的动人乐曲。

这首净化校园的感人乐曲，我们从九月份开学就奏响了。乐曲的指挥者和首创人就是新上任的陈校长。新学期开学报名当天，当我激情饱满地投入校园怀抱时，新上任的陈校长已在默默打扫校园，在他的带领下，随后到校的老师也一一参与打扫，彻底清扫起校园，为学生创设了一个洁净舒适的场所。也从那天起，在陈校长带动下，每天清晨，我们老师在学生到校之前，早已舞动有力的双臂，用飞洒的汗水冲洗干净校园的角角落落。

今年秋季雨水特别多，由于校园地势下沉，致使排水不畅。每逢雨过天晴，校园便积水成河。又是陈校长身先士卒，带领师生齐动手、同打扫，用勤劳的双手谱写了秋日华丽的篇章。

昨天、今天、明天，在这种岁月流淌中，陈校长带领师生用灵动的双手演奏出了一首又一首悦耳的曲子。夏去秋来，冬回春归，在这种季节轮回中，舞动的扫帚扫走了秋雨，扫去了冬雪，扫穿了校园每天清新的早晨。陈校长带领我们清扫的不只是校园的四季，更重要的是扫清了学生的心灵，使他们幼小的心灵一尘不染，时刻沐浴着爱的阳光和雨露。

名师"李大傻"

我有这样一位下属、同事、朋友，她是披过红、戴过花、受到县委及县政府隆重表彰的优秀班主任。她也是深受学生爱戴、同事钦佩、家长满意、领导赞赏的一线教学名师。就这样一位优秀的小学教师，提及她的名字，知晓的人并不多，可是谈及她的另一个名号"李大傻"，方圆数十里，无人不晓。她的"大傻事迹"更是被人们竞相传颂。

大清早飞来的横祸

天刚蒙蒙亮，当我披着清晨第一缕曙光踏进校门的时候，跟往常不同的是，熟悉的校园缺少了一个熟悉的身影。做为负责学生安全的主管领导，多年来我已养成提前一小时到校巡查的习惯。脚步轻轻，走过清晨。这么多年来，不管我多早迈进校门，总会发现一道瘦小的身影，挥动着扫帚，来回清扫灰尘覆盖的校园。这个被路过校门口晨练的人们误认为学校清洁工的身影，就是让学校千余名师生竖起大拇指夸赞的李老师。晨风中她舞动扫帚的身影是校园中一道亮丽的风景，早已定格在我的人生视野。

可是，今早跨入校门的我，没有听到先前扫帚划过地面所飘出的美妙的曲调。"这个李大傻，莫不是又跑去给王小虎送早餐？"我心里嘀咕着。王小虎是她们班的一名留守儿童，自半月前照看他的爷爷病倒在床后，每天的早餐都是李老师在家做好后送到他们家。今天是王小虎这批六年级学生参加毕业考试的日子，她必会早早去送饭。一阵急促的手机铃声突然打断了我的遐思，接通电话，是另一位同事打来的。她说在买早餐的途中，遇见李老师被车撞倒。我什么话也没说，挂断电话借过门卫的电动车疾驰事发现场。

在离学校一千米左右的小区门口，我看到了被同事搀扶起来一瘸一拐的李老师，一对惶恐不安的年轻夫妇跟随在她们身旁。原来李老师在给王小虎送完早餐来校途中，被这对开车准备去上班的年轻夫妇撞倒。当我劝李老师去医院检查检查时，她却摇头拒绝了。她说她人没事，那对年轻夫妇还急着上班，她也要带学生去参加毕业考试。她的丈夫闻讯赶来时，那对年轻夫妇已连连叩谢后开车去上班。这时才发现，她骑的电动车车灯也被撞坏，找闯祸车主赔吧，可是竟然连人家电话也没留。她丈夫不停数落她"哪有你这样的傻瓜，被人家连人带车撞坏，却让人家轻易离去，我真是赔了夫人又折兵！"我再次劝李老师随丈夫回家好好休养一下，可她硬是要去学校带学生参加毕业考试。她说要陪好学生走完小学的最后一程，将他们顺利带出考场，平安交给家长。

医院里逃脱的病员

午饭后，当我逐班检查午自习辅导时，透过六四班教室的窗户，竟发现一向兢兢业业的李老师趴在讲桌上睡大觉。轻轻推开教室门，学生们都在认真地做作业，没有发现我的闯入。摇了摇讲桌，李老师丝毫未动，刚伸出去的手一碰她的额头，又触电般缩回，额头非常烫。我的第一反应是，李老师有可能发烧晕过去了，我忙让学生去喊隔壁教室的老师帮忙背她去医院。一到医院，急着赶来的医生和护士同时惊呼道"李大傻"！

从这些白衣天使口中才得知，李老师好几次因劳累过度发昏被送往医院，而且都在节假日。等假期一过，她常常还没彻底病愈就偷偷逃脱去上班。成为医院众所周知的"逃兵"。昨天，也就是星期天，她发高烧被送到医院，医生说她这次发高烧也是因操劳过度引起的，劝她在医院多疗养一段时间。没想到今天清晨查房时，又一次发现她悄悄溜走了。医生和护士都摇着头说："没见过这么傻的老师，为了学生，连自己的命也不顾。"她们告诉我"李老师的身体这次千万不能再拖了，得好好住院治疗。"可是谁知原本答应我躺在医院好好治疗的李老师，当我前脚刚一踏进校门，她后脚就跟着跨了进来。她说她下午还有一节课，她不能抛下学生不管。后来经过好说歹说，她才答应下班后去挂点滴。

四处哭喊找妈的小女孩

凡和李老师共过事的同事都知道，学生们，特别是那些留守儿童、单亲家庭子女，他们都喜欢称呼李老师"李妈妈"，因为他们从李老师身上享受到了残缺的母爱。

李老师的女儿，一个十七八岁的小姑娘，一提及李老师，就满腹抱怨。她说："从小到大，我在母亲心中的地位远远不如她的学生，我到现在还怀疑，我到底是不是她亲生的？"看着面前这眼眶湿润的小姑娘，我的脑海里立即窜出一个一把鼻涕、一把泪，到处哭喊找妈的小女孩孤苦伶仃的可怜样。

十多年前，下午学生放学后，在校园时常会遇到一个背着书包哭喊找妈的小女孩，那就是李老师刚上小学的女儿。那时候，下午一放学，李老师不是送留守儿童、单亲学生回家，就是给学困生在教室手把手辅导。在教师这个平凡的工作岗位上，她以"勤勤恳恳做事，踏踏实实做人"为座右铭，以"为了孩子的一切，一切为了孩子"的态度全身心地投入到教育当中去。一心扑在工作上，为了工作，经常不计报酬地加班加点，将真情奉献给教育，把爱心倾撒给学生，舍不得给自己的女儿更换破旧的文具盒，却多次给贫困学生捐助学习用品。常常为了别人的孩子，忽略了自己的孩子。

李老师的回忆录中记录着这样一个事例："记得那是冬季一个星期天。晚饭后，我接到一个学生家长电话，他说孩子从早上离家后一直未归，他和亲朋找遍了整个乡镇也不见踪迹。怕孩子失踪准备向派出所报案，我劝家长不要发慌，也不要急于下结论。随后我拉上丈夫以及其他学生家长，一个小区接一个小区，一个网吧挨一个网吧，东奔西跑，南问北询，深夜十点多终于在时代凤凰影城电影院门口找到学生宋某。当我和丈夫拖着疲惫的身影回到小区时，才发现我的女儿蹲坐在家门口睡着了，红红的脸蛋上还挂着几滴未干的泪珠。我的心猛地一痛，犹如刀割。为了学生，我常常冷落了女儿……"

年迈的父母生病她顾不上照看，丈夫生意跌赔她顾不上安慰，女儿参加中考她顾不上陪伴，她的眼里除了学生还是学生。家属院的居民们说"没见过这么傻的老师，为了学生而抛弃了家。"但是她却自豪地说："也许，在父母眼里我不是一个称职的女儿。在丈夫眼里，我也不是一个称职的妻子。在女儿眼里，我更不是一个称职的母亲。但是，只要在学生心中我是一名称职的老师，这就是我人生最大的满足。"

连续十年缺少主人的生日庆宴

在县城最高档的一家酒店，一个豪华的包间内，个体老板、私企老总、部局一把手围在圆桌上席一个空位坐在一起。平时，很难有人请到这些有头有脸的人，是谁的面子这么大？今夜竟让他们在这里苦苦等候。圆桌中央一盒色彩鲜亮的双层蛋糕，在熠熠闪亮的红烛下散发着诱人的香味。蜡烛灭了又亮，一大堆人对着蛋糕、拍着手，《祝你生日快乐》歌唱了一遍又一遍，但是迟迟还未见主人入座。对他们来说，这个缺少主人的生日庆宴，不是第一次，而是持续了整整十年。

十年前这群李老师先前带过的学生，为了报答李老师胜似母亲般的教育之恩，决定将教师节作为李老师的生日，给她进行庆祝。然而令他们失望的是，每次当他们好不容易聚集在一起，铺开场面为老师庆祝时，李老师却死活找不到踪影。

十年来，我们的主人公李老师，教师节当夜一直都陪伴在寡居的老师母身边。自师范毕业后走上三尺讲台成为一名小学教师起，每年的教师节，李老师都是陪王老师夫妇一起度过的。王老师夫妇是她初中时最钦佩的老师，她也是王老师夫妇最得意的学生。

十年前，也就是她的学生首次将教师节作为她生日给她庆祝的当夜，她给王老师夫妇拜完节，王老夫妇送她出门时，一个醉汉驾车在马路横冲直撞。王老用手使劲将行走在马路旁一位戴红领巾的小姑娘拽离马路，而他却倒在血泊中，被那歪斜疾驰的小车夺去了性命。自那以后，每年的教师节她都会陪师母过夜。师母常责备她说："傻孩子，我一个快要入土的老太婆，有没有人陪无所谓，你不应该拒绝原本属于你的快乐和幸福，凉了你那群好学生的心。"对于老师母的责备，她常常报以轻笑"那帮学生为我庆祝，有的是时间，我现在主要就是陪伴好您。"

只不过，之后的教师节之夜，除了李老师之外，还新添了一人也来陪伴老师母。她就是当年被王老师从马路上救出来的小姑娘，如今这名幸运的小姑娘也成了一名乡村小学教师。

李大傻名言

名人都有名言，名师李大傻也有自己的名言——"有人说，老师是蜡烛，燃烧自己，照亮别人。如果真是那样，我情愿做一根两头同时都能燃烧的蜡烛，将双倍的温暖和光明带给学生。"她还说"不要觉得我很傻，如果这算傻的话，那也是一种快乐的、幸福的傻。"

改变我人生的老师

师者，传道授业解惑也。在我学生时代众多的老师当中，只因一位老师的出现，改变了我的整个人生。他就是我初三时代的英语老师——付林科老师。

1990年8月，小学毕业的我，背着父亲新买的印有"红军不怕远征难"几个鲜红大字的草绿色布书包，告别了七彩的童年，跨入了公社初中的大门，成为九十年代的第一批初中生。

新的环境，新的面孔。童年的稚气逐渐削薄，替代的是青春的奔放和豪迈。正是全身散发出的那种永不服输的上进心，我初一的各门功课都取得了优异的成绩。

升入初二后，其余各门功课都非常优秀，就是英语学得一塌糊涂。那时候，教我们英语课的是一位中年女教师。从她上第一节课起，教室后排的几名学生就故意捣蛋，气得英语老师直掉泪。后来的每节英语课，都演变成后排那群捣蛋鬼跟英语老师的斗嘴课。结果导致初二期末考试时，我们班英语全军覆没，没有一个及格的。那次我虽以五十二分的成绩位居全班第一，但这作为学生时代考试唯一一次不及格的历史，成为我人生难以磨灭的耻辱，在我的心灵烙下了一道无法慰平的伤痕。

升入初三后，我们的班主任是付林科老师，同时也教我们英语课。他刚从陕师大毕业，带着一副厚厚的眼镜，给人的第一感觉就是充满了学识。听老校长介绍说，他原本可以留在省城都市任教，但是为了报答家乡人曾经对他的养育之恩，他毅然回到了家乡任教。也许是他知恩图报的精神感动了我们，也许是他方刚的血气震慑住了我们，开学第一节英语课秩序特别好。没有学生私下交谈，也没有学生故意捣乱。只是对他脱口而出的一句句流利的英语，流露出一阵阵惊讶和茫然。说实话，我们根本听不懂他在讲什么。他一次次，逐个反复问我们"you know？"对于我们茫然无知的反应，他流露出的是同我们一样的惊讶。他不再用英语同我们对话，改用汉语同我们交流。

当我们如实告诉他初二英语学习的详情后，他略微思考了几分钟，大踏步走上讲台，用粉笔在黑板上写下了"你们的人生该怎样选择？"几个刚劲有力的大字。我们眼前一亮，那是我们见到过的最漂亮的粉笔字。心中的触动不止于此，他那富有磁性的话语至今在我耳旁回荡。"同学们，著名作家柳青曾说过，人生的道路虽然漫长，但紧要处常常只有几步，特别是当年轻的时候。没有一个人的生活道路是笔直的，没有岔道的，有些岔道口，比如政治上的岔道口，事业上的岔道口，个人生活上的岔道口，你走错一步，可以影响人生的一个时期，也可以影响一生。对于你们来说，只不过是在求学的路上曾经踏错了方向，浪子回头金不换！你们是我带的第一批学生，也是毕业班学生。在人生最重要的道路上，我绝不会眼睁睁看着你们再走错路，我相信你们，相信我所带的学生绝不会找不到北。你们有没有信心同我一起改变现状？""有！有！有！"当时回答他的不仅是铿锵有力的高呼，还有响彻不断的掌声。

此后，在付老师的建议和要求下，学校每天下午给我们加一节课，每周加一节早读，由他无偿给我们补英语。他先从初一的语法补起，一个月后，全班基本上掌握了单词的发音后，他接着从初二的时态补起。这样半学期下来，在学新补旧的更替中，我们的英语学习在轻松中又充满了快乐，收到了事半功倍的效果。全班学生的英语学习水平明显提高。

课堂之上，他对我们要求极为严格。课堂之外，他又很随和。我们和他在春天的绿野一起踏青，在夏天的小河一同捉鱼，在秋天的山坡摘酸枣，在冬日的雪地打雪仗。我们曾多次喝过他煮的玉米粥，他也多次吃过同学家种的白萝卜。他既是我们的良师，更是我们的益友。

在他的教导下，我的英语学习兴趣日益浓厚。付老师也给我吃上了偏碗饭，他带给我一本全国各省历年中考英语试题汇编，让我逐套去做，不懂的地方就问他，他再给我详细讲解。在这样一遍又一遍讲述及一套又一套的练习中，我的英语学习突飞猛进。中考时，我答得最轻松的就是英语，成绩最满意的也是英语。那年我以优异的成绩被师范学校录取，我们学校的中专录取率达全县前茅，特别是英语课成绩，跃居全县首位。若不是碰到付老师，我们的英语成绩就不会提高，就不会有曾经中师的我，也不会有如今讲台上的我。付老师对我的影响，不仅在于提高了我的学习兴趣，更重要的是改变了我的阅读方向。

自上初中起，我就喜欢上了看小说，成了小说迷。那时只喜欢看武侠小说，而且非梁羽生和金庸的武侠小说不看。我清楚地记得所看的第一本小说就是《倚天屠龙记》，后来便是《七剑下天山》《云海玉弓缘》《侠骨丹心》。起先看小说只是在晚上，从那时起养成了看不完小说不睡觉的坏习惯。那时为了怕被父母发现，晚上早早关掉房间的灯，趴在被窝捏着手电看。或者将小说放进奶奶装东西的小木匣，然后将电灯泡吊进木匣里偷看。后来发展到白天上课时偷看，也曾被老师发现教育过好多次，但一直未曾更改。这样直到升入初三不久。那是一节英语课，别人正在认真跟付老师读单词，我趁他不注意低头偷看桌兜里的《笑傲江湖》。看得正起劲，觉得小说上的光线突然暗了下来，猛一抬头，付老师不知何时已站到我跟前。他没多说什么，只是示意我好好读单词，同时默默收走了我的小说。下课后我被英语老师带到办公室，迎接我的不是想象中劈头盖脸的责骂，他只是轻轻摸了一下我的头说："你看的是什么乱七八糟的小说，如果你真爱看小说，我这有一本小说，你拿去读读，肯定收获不小。但是我只有一个要求，以后不要在课堂上看，在不影响学习的前提下利用课余看，能保证做到不？"我点点头，他顺手递给我一本小说，那就是《平凡的世界》，临时走他告诫我不要忘记向他许下的承诺。

后来我遵照对付老师的承诺，利用闲暇时间读完《平凡的世界》，我的精神世界顿时注入一缕温暖的阳光，融化了冰封多日的心。一部《平凡的世界》改变了我的阅读观，此后我再不去瞎看武侠小说，而是从《平凡的世界》到《我的大学》导向了中外名著。随后我与路遥也曾有过一次简短的书信往来，我的人生观也随之改变。也从那时起，我爱上了文学。

掐指一算，我走上讲台已二十余年。二十多年来，每遇犯错的学生，我就会想起付老师曾经说过的那段话。作为一名教师，即使无法将每一位学生培养成才，我也绝不会让他们在我手中变成腐朽的废铁。我以让自己带过的每位学生都能正确地成长为己任，践行"春蚕到死、蜡炬成灰"的为师之道。

这里灯光独明

　　游玩了一天，余兴未尽，怎奈早已饥肠饿肚的我，此时再也难以抵制夜市上扑鼻而来的，那醉人的烤羊肉串味的诱惑。拖着疲惫的步伐走向觥筹交错的夜市，点了一把烤肉和一碟小菜，外加几瓶啤酒，酒足饭饱之后，跨上被冷落了一整天的自行车，时而吹着自在的口哨，时而哼着流行的歌曲，快乐地骑行回家。

　　正弯着腰身，使劲蹬一个上坡，"咔嚓"一声，真是船破单遭顶头风，屋漏偏遇连阴雨。大半夜，在这前不着村后不着店的荒郊野外，自行车链条突然断掉了。这下可急坏了一向只知衣来伸手饭来张口的我，鼓捣了老半天，一点也不顶用。放倒自行车垂头丧气坐在路边等了好久好久，也不见一个人影，喊天天不应，叫地地不灵，看来孤立无助的我只有推着自行车摸黑前行了。推着推着，忽然感到一丝微弱的灯光忽隐忽现，猛一抬头，前面不远处一间小木屋跃入我的视野。令我欣慰的是，透过淡淡的光亮，我竟发现了屋前竖着一块"自行车修理铺"的木牌，犹如挨饿了好几天的乞丐突然发现一块香甜的蛋糕跌落在眼前，我几乎是扛着自行车一口气跑到小木屋前。然而很不凑巧的是，我刚跑到小屋前，屋内的灯光突然熄灭了，只有"自行车修理铺"几个模糊的大字在朦胧的月光下朝我发出同情的苦笑。徘徊，再徘徊，在屋前绕了一圈又一圈，抱着试试看的心态，我忐忑的轻敲了几下门。"什么事？"屋内飘出了一声嘶哑的询问，"自行车坏了，能否帮忙瞧瞧？""我已睡下了！""师傅，行行好。我路远，麻烦您瞧瞧！""啪！"屋内的灯光再次亮起，不一会儿，门开了，走出了一位光着头，戴着花镜的老伯，他穿了一件褪了色的工作制服，制服上除了一两滴黝黑的油渍外很整洁。老伯没多问也没说什么，接过我的自行车一阵敲敲打打。不知为什么，一直觉得那种修车时刺耳的敲打声，在此刻，在这个寒气还未完全退却的深夜，听起来是那么美妙、那么动听！我一时竟陶醉了，随着那轻快的节奏不由得手舞足蹈。"好了，你骑骑试试！"老伯嘶哑的话语打断了沉醉的我，我骑着车在小屋前绕了一大圈，觉得没什么问题，便下车走到老伯身前，问他修车多少钱。当时我觉得大半夜的叫醒老伯，影响了他的休息，修车费肯定不会少。可老伯却摇头笑了笑说"不要钱"不要钱？我很纳闷，"小伙子，我修车的目的不是为了赚钱。我是一名退休老教师，这些年国家的政策好，我们的退休待遇也不断提高，不愁吃，也不愁花。我闲着没事，就凭年轻时学的手艺，开了个小小的修理铺，只是为了解决行人突遇的困难，要不我就不会将店铺设在这个僻远的山坡……""夜黑，骑车小心点！"老伯叮咛了我一句转身回屋。

后来的一段路越来越窄，夜也越来越深，但我总觉得有一束特别明亮的灯光一直照耀着我前行的远方。

情暖冬至饺

郑浩东用冻得通红的小手紧攥着一沓一毛、五毛、一元的纸币，在饺子馆前走来走去。透过那宽敞明亮的玻璃窗，他看见饺子馆里坐满了顾客，他们边吃饺子边说笑，看上去是多么幸福和快乐！风中飘过阵阵饺子香，更是诱惑得郑浩东馋涎欲滴，肚子咕噜咕噜直响。一窗之隔，差别甚大。一股酸楚的泪水从郑浩东的眼眶滚出，顺着冰冷的脸颊掉进嘴里，落到心底，使他原本凄凉的心比此刻的天气还要寒冷。

"冬至吃饺，腊八喝粥"这是家乡的民俗。记忆中，每年的冬至，母亲总会精心包上各式各样的饺子煮给家人吃，母亲还说"冬至不端饺子碗，冻掉耳朵没人管"那时候，全家人对着热腾腾的饺子围在一起，吃着、笑着、说着、闹着，是多么幸福快乐。可是，天有阴晴圆缺，人有旦夕祸福。一年前突飞而来的一场车祸，无情地夺走了父母的性命，从此浩东的人生字典里就再难找到幸福、快乐的字眼。

今年的冬至，凑巧是个星期六，为了能让与自己相依为命的老奶奶吃上一顿可口的饺子。大清早，当众人还在暖和的被窝中酣睡时，浩东就披着黎明的曙光，顶着凛冽的寒风，从南到北，由西至东，翻遍村庄的每处角落，捡拾人们喝完饮料丢弃的塑料瓶。想用卖掉塑料瓶的钱给奶奶买一斤香喷喷的水饺。大概是冬季天冷，很少有人喝饮料，辛辛苦苦捡了半天，才捡了上百个塑料瓶。一位好心的大妈看见他这不足十岁的孩子冻得满脸通红，实在心疼，就将她们家积攒的饮料瓶全部交给他。他提着两大蛇皮袋塑料瓶交到废品收购站，变卖了5.8元。5.8元，别说是一斤饺子，就是连半斤饺子也买不到。他走了一家又一家饺子店，想用这5.8元买饺子给奶奶吃。但因冬至，家家饺子馆顾客爆满。老板一听他只有五元多，便说"没空"，随后将他轰出。此刻他再也没有勇气迈进下一家饺子馆的门。无可奈何中，他只好攥着朝他发出同情的、苦笑的零钞茫然地走回家。

当浩东拖着沉重的脚步迈进家门时，一股醇厚的饺子香扑鼻而入。他忙跑进灶房，一个系着围裙的熟悉背景正弯身从雾气缭绕的汤锅内捞饺子。"王老师"浩东一下子扑倒在转过身的王老师怀里，泪水再次夺眶而出。王老师将浩东紧紧抱在怀，边给他擦眼泪边哄劝"孩子，别哭了，快洗洗手吃饺子"。正在这时，他们班的李小花和韩乐同学也相继端来了母亲刚煮好的热腾腾的饺子。看着和善美丽的王老师和真诚友爱的同学，一股春日般的暖流罩遍了浩东全身。

自从父母双亡后，是王老师的悉心照顾和同学们的热心帮助，给他的生活带来和煦的阳光，冲散了遮蔽在他心头的阴影。王老师不仅给他买来书包、作业本等文具，还时常给他买来换季的新衣。王老师双休日常常放弃和家人团聚的良机，不是给他辅导功课，就是带他逛动物园、看电影。同学们节假日也时常主动来陪他做作业、逛超市，还争着、抢着、硬拽着他去自己家吃父母做的丰盛的饭菜。像李小华、韩乐等几位住得离他家比较近的同学，父母一做好吃的，她们就会主动给浩东家送。

王老师亲自包的饺子和同学送来的饺子摆满整个饭桌，看着围在老师和同学中间笑得合不拢嘴的老奶奶，郑浩东开心地笑了，笑得很幸福、很灿烂！

烧给天堂的喜报

也许是上天同情远离人世的游魂，晴朗了一周的好天气，随着农历十月初一"寒衣节"的到来，一下子哭丧了起来。

顶着星星点点冰冷的细雨，福顺提着一捆捆冥币、冥衣来到父亲的坟前焚烧祭祀。坟地里，一堆堆新老相异的墓碑前，早已跪满了前来烧纸祭祖的乡邻。

让乡邻们诧异的是，福顺烧给父亲的不只是冥币、冥衣，还有一张张写满毛笔字的大红帖子。只听跪在父亲坟前的福顺边烧纸边念叨："爹，立冬了，儿给您寄些棉衣，愿您在天堂不再受冷。同时儿也给您带来一张张喜报，这是您离开我们整整四十年后，儿子用毛笔记写的祖国改革开放四十年的惊人成果，现在儿就一一道给您听。"这下乡邻们才明白：原来那红帖是福顺烧给远在天堂的父亲的喜报。

"爹，您肯定想不到，您守护了大半辈子的老学堂，由先前摇摇欲坠的土坯屋，变成宏伟壮观的教学楼，成为全乡镇最漂亮的建筑。这里假山池沼相映照，亭台楼阁互对望，花红柳绿齐欢笑，孩童雀跃同欣喜。

远看是公园，近看是花园，走进是乐园的'三园式'学校，足以圆您多年的梦想。"红帖越烧越少，可是福顺告诉父亲的喜讯却越来越多。"爹，如今的老师，再也不用像您先前给学生讲课因买不起粉笔而犯愁，过去的黑板已被电子白板所替代，现代化的教学手段令学生耳目一新，更避免了粉末的侵袭。爹，您过去冬天因火炉给学生取暖而煤气中毒的悲剧，如今再也不会发生。宽敞的教室内，是用天然气带动的地热供暖，既环保又暖和。爹，您也不用担心孩子们因交不起学费而退学，现在实行九年义务教育，学生从小学到初中上学都是免费的。非但如此，还实行营养午餐，中午所有学生都免费在学校吃饭，饭菜十分丰盛，我们吃不饱穿不暖的学生时代已成为历史。爹，您先前常念叨的'楼上楼下，电灯电话'已不再是奢望，现在家家户户不仅住进了高楼洋房，就连小学生也佩戴起电话手表，村庄到处修成了平整的水泥路，泥鞋土路在如今学生的人生字典中再也翻不到，不论天晴天雨，父辈们已大多用小轿车送他们上学。现在学生的假日里不再有忙假、秋假的概念，无论是割麦子还是挖玉米，联合收割机早已替代了人工，它在解放大人的同时也解放了孩子。放学后，学生们不用跟在家长身后在麦地里拔草抓虫，各级政府已用无人直升机给农田免费喷药除虫。一个个公园、广场，成为学生们放学后拥抱自然、聆听花开、放飞梦想的沃土。"

福顺在烧完所有的冥币、冥衣和喜报，对着父亲的坟头连磕了三个响头后，直起身作别了父亲。

走在回家的路上，福顺想，如果真能向天借命的话，别说向天再借五百年，就是向天只借四十年续给父亲，让他亲眼瞧瞧改革开放的巨变，父亲的人生就会不再留有遗憾。

断线的风筝

跪倒在您新堆的坟前，凄楚的泪水同冰凉的雨水一起飘洒，思念如同墓碑周围新发的野草般疯长。黄老师，前不久你我谈笑时，您说再有一个月多，您就光荣退休了，退休后您要去北京专门抱小孙孙，去享天伦之乐。永远忘不了您当时说话时的那种满满的幸福。谁料，您还没等到退休，就与我阴阳两隔。连日来，我一直不相信您竟离我们而去。每次推开您的办公室门，总觉得您一直坐在书桌旁专注地批阅作业，当我喊您，您像往常一样不理我，我也像先前那般悄悄走在您身后，轻轻给您揉肩时，才感到自己扑了个空。一时，任泪水迷蒙了双眼。

黄老师，记得小学五年级您给我们当班主任时，一个夏日的午后，冒着狂风大雨，踩着泥泞，将小腿受伤的张勇送回家。在返校时，您一不小心踩空，掉到水沟里，摔得鼻青眼肿，昏迷不醒。当我们去医院看望您时，您憨笑着劝慰我们不要掉泪，您说您是猫，有九条命。阎王爷不会轻易召唤您的。

后来，我还真的相信您说的话，以为您有九条命。因为您为了救落水的小姑娘差点被深水淹没，您为了追赶小偷差点被其用刀刺死，您还……结果每次大难之后，您都顽强地站了起来。可是，这次为什么一倒下，就再也没有站起来？

由于崇拜您的人格，信奉您的品行，我初中毕业时选择了中师，后来也成为一名老师。我觉得上天对我的厚赐就是我毕业后，能同您在一所学校任教。对于初上讲台，毫无经验的我，您像小时候那样手把手地指引我，使我迅速成长，成为像您一样深受学生敬佩的骨干老师。您说我们不仅要工作好，而且也要身体好，只有健壮的身体，才能干好工作。因此，每天下班后，您便邀我去散步。

半个月前的一天下午放学后，您再次邀我一起去河堤散步。没想到，这竟成了你我的最后一次共同散步。那天，夕阳很灿烂，娇滴滴的百花在春风吹拂中争先恐后地怒放生命，河堤散步的人很多，河堤旁的绿色运动广场上，大大小小的身影正在慢慢放长手中的细线，让五颜六色的风筝在蔚蓝的天空自由飞翔。就在你我沉醉在这迷人的春景时，一个胖乎乎的小男孩手中的风筝挂在了河岸的树丫上。小男孩跑上河堤，准备爬树去解缠在树枝上的风筝，这时一辆摩托车飞快地驰来，就在人们的惊叫声中，只见我身旁的您，猛地向左一扑，将胖小孩超前掀翻在地，只听"彭"的一声巨响，您已倒在血泊中。人们忙抛下手中的细线，潮水般涌向您，救护车拉着您在河堤满是断线的风筝中穿梭，感动的人群不断哭喊着您，我也哭喊不停。我一直相信您绝不会欺骗我，也深信您有九条命。您会坚强地挺住，可是这次理想很丰满，现实很骨感。您这一倒，就再也没有站起来，永远地告别了我们。

清明时节雨纷纷！黄老师，老天为您垂泪，我为您哀悼，安息吧！黄老师，但愿天堂没有断线的风筝，也没有飘行的车辆。

第四辑　年与酒和诗与远方

周末春晨最美是河堤

忙碌了一周，好不容易盼来一个周末。原想好好过一下饱睡之瘾，孰料长期形成的生物钟，不是一下子凭自己的意愿就能轻易更改掉的。当黎明的曙光还未完全催散尽淡薄的夜色时，我睁开了朦胧的双眼，在周末的春晨，我自然而然的睡醒了。

随同我一起睡醒的还有刚过一周岁的小女。为了让日夜操劳的妻子多休息一会，我轻轻抱起小女将她放进婴儿车，打算推她去户外吸收春晨新鲜的空气，距小区南千米之余的河堤成为我的首选场所。

推着女儿前往河堤的路上，起先女儿时不时哭闹着寻找妈妈。但是，很快她的注意力就被路旁盛开的百花和树丛中喜跳的小鸟所吸引，她不再哭闹，替代的是一声连一声的惊呼，在房子里困了一冬的她，终于用稚嫩的双眼看到了世界的多彩，也用那幼小的心灵感受到了自然的神奇。

当我推着女儿抵达河堤时，沉睡了一夜的河堤早被人们晨练的脚步吵醒，她用清澈的河水洗过脸后，伸出热情的双手，欢迎我们的到来。

河堤边绿茵如毯的运动广场上，也早已布满了一个个生龙活虎的身影。男的、女的，老的、少的，舞剑的、打太极拳的，跑步的、做操的，吹笛的、拉弦的，在金灿灿的晨光映照下，平静的河堤一片沸腾。热闹的景象，乐得女儿手舞足蹈。她使劲挣扎着，试图脱离婴儿车的束缚。我将她抱下来，刚一放下，她就急急忙忙的伸臂向前小跑，那摇摇晃晃、欲斜欲倒的小身影引得众人哈哈大笑。大概因为她刚学走步没多久，没走几步，在众人的惊呼声中，她跌倒在地。我止住了旁边一位好心大婶伸出的友爱之手，满怀笑脸，用一双充满信任的眼睛鼓励着女儿。小女儿没有令我失望，她用灵动的圆眼四处张望了一番，然后一声不响地爬起来，又乐滋滋地向我跑来。在身边骤然响起来的掌声中，我抱起她，在她那嫩嫩的红脸蛋上狠狠亲了一口，我们父女俩的身影再次淹没在雷鸣般的掌声中。

"春江水暖鸭先知。"推着女儿来到小河边，女儿手指着河中游来游去的野鸭，嘴里叽里呱啦个不停。我弯下身，捡起一粒小小的石子，猛的向河心一丢，自在的野鸭霎时在水中惊慌逃窜，也惊飞起几只悠闲的白鹭。这下女儿咯咯直笑，连连拍手。

"盼望着，盼望着，东风来了，春天的脚步近了。一切都刚像……"最感人的是河岸边低垂的柳树下，一个戴眼镜的中学生正在深情的背诵，他时而晃脑，时而摆身，陶醉在朱自清的《春》里。不知是不是受其影响，不远处一群鲜艳的红领巾也在背唐诗。

"爸爸——爸爸！"坐在婴儿车内的女儿一边奶声奶气的喊我，一边用小手遥指前方。顺眼一瞧，不远处一位支起画架写生的女孩跃入眼帘，看不清她的面貌，只感到她那随柳枝飘动的长发好美，好美！"你站在桥上看风景，看风景的人在楼上看你，明月装饰了你的窗子，你装饰了别人的梦！"推着女儿来到她的身旁，我一下子惊呆了，她的画板上，不仅有通红的晨阳、嫩绿的垂柳、雪白的梨花，还有清澈的河水、闲游的野鸭、盘旋的白鹭，更有打太极的老人、背唐诗的孩童，还有怀抱女儿幸福欢笑的我。更为神奇的是，一只蝴蝶落在画板上，在画中那金黄的油菜花上飞来飞去。正当我为这美景惊叹不已时，女孩转身那羞涩的一笑，不仅醉倒了我，更醉美了整个芬芳的春日。

在这个周末的春晨，我推着女儿漫步在柔软的河堤上，我醉了，我深深地醉了。我醉倒在一望无际的风光里。

春满校园

　　"胜日寻芳泗水滨，无边光景一时新。等闲识得东风面，万紫千红总是春。"一群群活泼可爱的红领巾用深情的诵读，将婀娜多姿的春姑娘从优美的古诗词中召唤到生机勃勃的校园。

　　春姑娘的美，在于她有一双灵巧的手。穿针引线中，便将校园结织成一张色彩斑斓的绸缎。

　　晨曦微露，一个个活泼娇小的身影，迎着七彩的霞光，飞进色彩斑斓的花园。他们没有伤感，唯有快乐和灿烂。他们离开父母的怀抱，飞翔到满是关爱的校园里，吸吮着知识的花蜜。在这座美丽的花园里，他们的天真烂漫尽情飘逸；他们的童稚和顽皮幻化成理想得以放飞；一切一切的美好在这里能够根植到心底。在这个幸福的大家庭，感觉不到盛夏的炎热，感觉不到隆冬的严寒，感到的只有四季如春的温暖。

　　脚步轻轻，走过清晨。当小不点走进校园时，迎接他们的不只是盛开的花，还有老师灿烂的笑脸。霎时，沉寂了一夜的校园到处跳跃起一串串欢快的音符。爱着校园的他们，用一双嫩嫩的小手尽情打扮春日的校园。鱼池中，调皮的鱼儿争先恐后地跳起了舞，那是它们对小朋友捡掉遮在它们身上落叶的夸赞。花丛中飞来飞去的蝴蝶，难以牵动小朋友淘气的脚步，他们虽小，却也懂得爱惜春日的花草。翠绿的柳树上，喜欢高歌的黄鹂害羞地紧闭了歌喉，它们也陶醉在抑扬顿挫的读书声里。

"人间四月芳菲尽，山寺桃花始盛开。常恨春归无觅处，不知转入此中来。"人间最美是四月，春天最美是校园。

雪，冬之魂

壹

片片黄叶，犹如扇动翅膀的金蝴蝶在风中翩翩起舞。风起的时候，我站立在季节的边缘，期盼着你的到来。恰似守候在村口等待漂泊在外的丈夫回家过年的少妇，被风吹干思亲的泪眼写满了痴情。

花开花又落，夏去秋来，大雁向南飞，秋走冬又归。季节轮回中，你已远离我三百六十五天。生活中的光阴，寻觅不到你轻盈的舞姿，记忆中的岁月，你用醉美的笑靥装饰了我甜蜜的梦乡。梦中四季花开，只为等待雪飘。雪，冬之灵魂，我之新娘。正因雪飘，我才独钟情于冬。对于从小生长在北方的我来说，无雪不成冬，没有雪的冬天，算不上真正的冬天。

贰

华灯初上，窗外呼啸的风被刚满九个月的幼女撕心裂肺的哭叫深深掩盖，她在苦苦寻找母亲的怀抱。进入冬季，冰冷的气温难以封冻妻子扶贫的足迹。她起早贪黑，进村入户，将党的扶贫政策逐一宣讲，将组织的温暖及时送达贫困户之家。"辛苦我一人，幸福千万家"这是众多扶贫干部的口头禅，也是妻子的座右铭。妻子的性格温柔如雪，待人又热情似火，作为一名普通的扶贫干部，她积极与贫困户打成一片，深受广大群众的钦佩和爱戴。披星戴月，早出晚归，是她扶贫工作的真实写照。此刻，时针已走过冬夜十点，哭累的幼女早已入睡，妻子还在参加扶贫工作培训会。上小学六年级的长女，写完作业后，一遍又一遍问我："妈妈什么时候回来？"我只用"马上、马上"两个字回复她。隐约中，感应到一阵熟悉的脚步，我催促长女"你妈回来了，快去开门！"女儿疑惑地望着我问："在哪？"我笑了笑没有解释。因为即使有一千个人同时从我身旁走过，我也能清晰地听出妻子的脚步声，其余九百九十个人的脚步踩在地上，只有妻子的脚步踏在我心上。顺手打开门，妻子瘦弱的身影扑入眼帘，细长的头发上开满了洁白的花朵。"哇噻，下雪了！"狂呼中，长女忙抓起衣架上的外衣，跑下楼。"下雪了！下雪了！"伴随着一声声喜叫，楼道响起一阵急匆匆的脚步，寂静的夜在孩子们的欢呼声中沸腾了。我用毛巾轻轻拭去妻子头上的雪花，妻子望着楼下雀跃的身影，向我呶呶嘴"你不陪女儿去疯玩一会，你不常说雪是你的新娘吗？"我将妻子慢慢拥入怀，悄悄告诉她"你就是我心中最美丽的雪花！"

叁

清晨，"唰——唰"一阵美妙的音符将我唤醒。走下楼，一个弯曲的身影用扫帚掠过地面的积雪，为小区的行人扫出了一条通道。走近他，我猛地一愣，对着他深深鞠了个躬，又给他一个热烈的拥抱。然后接过他手中的扫帚，继续扫雪开路。他站在我身后默默注视着我，慈祥的目光流淌着浓浓的父爱。他就是我年过花甲的父亲，先前在乡下时，每逢冬季雪后，父亲总会用结满厚茧的双手从村口到村头，为左邻右舍扫出一条窄长的小路，我就是在那条小路上，从冬走到春，从小走到大。娶妻抱女后，父母从乡下搬进城区和我们住在一起已整整十个年头，每年冬季大雪过后，父亲总会从单元楼下到小区门口，扫出一条笔直的小路，以致小区的居民都误认为父亲是小区雇佣的清洁工，我也因此遭来一些非议"瞧！这老头大清早顶风冒寒卖力地扫雪，肯定是儿子不成器，挣不下钱无法养活老人，老人才吃苦受累干清洁工挣钱养活自己。"有好几回，我就想挽起袖子找他们理论，都被父亲一一阻拦。"管不住别人的口不要紧，重要的是要管好自己的手。"这是父亲对我的忠告，我一直谨记在心，这朴实的话语胜过任何名人名言。多少年来，每逢冬季雪后，父亲用扫帚掠过积雪串起的音符，成为世界上最动听的乐曲荡漾在我心头。父亲倦起的腰身虽不再挺拔，但他在我心中的形象就像晶莹的雪花般永远圣洁无瑕。

肆

"墙角数枝梅，凌寒独自开。遥知不是雪，为有暗香来。"多少文人墨客，为赞美梅花写下了不朽的诗篇。数九隆冬，傲雪而放的梅花，开得那么艳丽，有的艳如朝霞，有的白似瑞雪。股股清香，沁人心脾。踏雪寻梅，我不仅看到了冬天的颜色，闻到了冬天的气味，更重要的是找到了做人的骨气。梅花的美丽，虽不比桃花艳丽，也不比牡丹娇艳，更不比茉莉清香。但是它的美，是一种别样的美。不经一番风霜苦，焉得梅花扑鼻香。大雪压梅花，梅花不低头，傲霜斗雪，它的抗寒、它的顽强，无不抨击着我的心灵。"宝剑锋从磨砺出，梅花香自苦寒来。"梅花体现出来的坚忍不拔、不屈不挠、自强不息的奋斗精神在冬日唤起了我的活力。挺直身，阔步向前，继续寻找冬天的色彩。

啪！一个雪球在我胸前开了花，一群活泼的孩子正在开心地打雪仗。弯下身，捡起一块雪球，我也参与到他们的战争之中，只要同孩子们在一起，我的心就永远年轻快乐。童年，人生最美的年华！童年，永不褪色的色彩！

伍

一场纷飞的雪花，一簇傲立的梅花，一群调皮的孩童，绘成冬天最美丽的风景，渲染了我的四季。一番苦苦的守候，一阵婴儿的啼哭，一个扶贫的女干部，一位扫积雪的老人，串成冬天最感人的故事，烘托了我的人生。

乡村年味

壹

村口两棵古老的槐树，犹如一对恩爱的老夫妻，相互诉说着对儿女的思念。就在这个村口，也就在这两棵老槐树下，多少年来，一直重复演绎同一个故事。

开春，满头白发的老娘将儿子送上开往远方的客车。年底，回归的游子搀扶着守候在村口的老娘走向温暖的家。月缺月圆中，两棵老槐树目睹了人间的一幕幕悲欢离合。花开花落中，他们用季节的风，吹干了年迈的老母念儿的泪，唤醒了漂泊的游子思乡的心。看着一个又一个回归的游子搀扶着年迈的老母踏上村口的小路，两棵老槐树你望望我，我瞧瞧你，幸福地笑了。

贰

这是唯一通向村庄的一条小路，平日很幽静，随着年的到来，感恩的脚印越踩越多。往常很少见的出租车、小轿车也频频跃入村人的眼帘，小路用它那瘦弱的身躯，坚强地支撑着滚滚的车轮欢快而过。这就是梦中无数次寻找的家乡熟悉的小路，路虽窄小，却承载着家乡世代人绚丽的梦想。

这里有村庄仅存的一个池塘，儿时像这样的池塘，村里有好几个。它们简直就是孩童们的天堂。春日，争先恐后地爬上池塘边的柳树，用那嫩嫩的柳枝扭成柳笛瞎吹不停。夏日，一个个光着身子在池塘游来游去。秋日，小心翼翼地探出圆圆的脑袋，同藏在落叶下的鱼儿愉悦地说着悄悄话。冬日，一伙伙顽童在池塘厚厚的冰面上追逐打闹。故乡的池塘，流淌着儿时四季的欢乐。只不过，随着岁月的流逝，其余的池塘都干涸了，被村民用土填平留做了宅基地。只有这个池塘不知何因，水位虽时高时低，但从不干涸。保留下来的这个池塘，随着村庄外出打工人群的增多，再也难以找回儿时热闹的场景。只有在这样的年关，沉默了半载的池塘，四周涌动了一些花花绿绿的小身影。他们用那肉乎乎的小手，抓起一把把石子，费力的丢向池塘上的结冰。冰破水溅，看着乐得手舞足蹈的孩童，多想寻找回童年的回忆。

叁

年的脚步越来越近，村庄到处飘逸着喜庆的气氛。村头到村尾的树枝上，挂满了红通通的小灯笼，远远望去，就像绿树开满了红花。村庄中间的庙宇旁，年轻的小伙使劲敲起了锣鼓，打扮得漂漂亮亮的少妇们拉着老太太们跳起了广场舞。上了年纪的大老爷们却无视震天的锣鼓声存在，他们在庙宇旁找一块向阳的空地，摆开棋谱，围在楚河、汉界旁拼命厮杀。

庙宇后村民准备年后盖新房积攒的沙堆，成了孩子们快乐的王国。村庄回归的游子中，几位在书法界颇有名气的文化艺人，往日惜墨如金的他们，此时却挥笔泼墨，在庙宇里的方桌前豪爽地为村民们义写春联。这些名家们先前在大都市贵得要命的墨宝，此时在小乡村的价值就是村民们递过的几根廉价的香烟。抽惯了名烟的他们，丝毫不嫌弃这低价的劣烟。吧嗒、吧嗒！一根接一根抽个不停，他们说这些不起眼的劣烟夹杂着一种浓浓的乡情，是任何名烟都无法替代的。

肆

乡村最灿烂的夜晚，就是除夕之夜。乡村最热闹的夜晚，也是除夕之夜。乡村最幸福的夜晚，还是除夕之夜。家乡有除夕之夜长明灯拉家常的习俗，这一夜，每家每户打开所有的照明灯，而且是彻夜不熄，亲人们聚在一起扯家常一直到大年初一清早。

小时候，随着除夕之夜灯光的开启，二祖爷、七堂叔、八表侄，举家老老少少全盘坐在烧得火热的土炕上，吃完烧酒盘子后，小孩们怀揣着崭新的压岁钱做着幸福的美梦渐渐入睡，大人们边嗑瓜子边聊天。后来随着年龄的增长，农村分家之风的盛行，除夕之夜齐聚的亲人队伍也连年缩水，但长明灯的习俗一直延续至今，灯火辉煌的除夕之夜，不管分没分家，有直接血缘关系的亲属全聚在一起，包饺子的包饺子，炒菜的炒菜，一顿丰盛的年夜饭后，边看春晚边闲聊，当然领发压岁钱的环节必不可少。

小时候，孩子们盼过年，大人们怕花钱。一过年，孩子们不但能穿上新花衣，吃上好饭菜，也能领到压岁钱。如今，家家户户生活红红火火，孩子们每天都能吃上可口的饭菜，他们一年四季都有新衣穿，大人们也不再怕花钱。对于现在的人们来说，平日跟过年没有什么区别，但是人们仍然盼望过年，忙碌的人们乘过年之际可以歇歇脚，走走亲，访访友。

团圆是乡村最美的年味！是年的高喊，唤回了飘荡在外的游子。也是年的脚步，拉近了亲友之间的距离。更是年的钟声，打破了乡村的沉寂。整个乡村，在年的喜庆中沸腾了。

年与酒和诗与远方

除夕之夜，当全家人围在餐桌旁，慢慢咀嚼母亲和媳妇辛苦了一下午精心准备的美味佳肴，喜迎新年时，师兄赵辉扛着一箱西凤华山论剑十年酒也来凑热闹。喝酒、吃菜、闲扯、看春晚，不同的千家万户，在此夜上演着同样精彩的节目。

对于酒的认识，起始于小时候的过年。记忆中，每当除夕之夜，全家人围在一起喝酒、吃菜、迎新年、庆团圆。那时候除夕之夜围在一起喝酒吃菜的不止二叔、三叔全家，还有二爷家的大伯、五叔和三爷家的二伯和四叔。祖辈中，二爷和三爷早已离世，只有爷爷还健在。所以每年除夕，父字辈总会带着我们孙子辈在爷爷的房间喝酒吃菜。父字辈和爷爷围在土炕上，我们孙子辈围在房间的小饭桌上。菜只有一样，土豆丝炒粉条，上面再盖几片红烧肉。酒是三元一瓶的西凤大曲。倒在白色的瓷酒瓶中用热水一温，就叫烧酒。和菜配在一起，美其名曰烧酒盘子。这种烧酒盘子，平日只是一种奢望，只有过年的时候才能吃到。

小时候大年夜围在一起，大人们有酒有菜，我们小孩只有菜。看到大人们喝酒那甜滋滋的幸福感，在师兄赵辉唆使下，我俩趁大人们不注意，提起酒壶咕咚就灌，结果呛得我们边咳嗽边流泪。看着我们的狼狈相，大人们呵呵直笑。师兄赵辉是大爷家五叔的孩子，和我同年出生，只不过比我早出生三个月。那时候，小小的院子里不仅住着我们一大家子人，也住着赵辉一大家子人。由于同龄，我们很合得来，成为最要好的玩伴。从开始学说话起，我就叫赵辉四哥，他称我五弟。因为在同辈中，他排行老四，我排行老五。这种称呼一直维持到我们六岁上小学那年被热播的电视剧《射雕英雄传》所打破。看了《射雕英雄传》后，赵辉成天拿着一把玩具剑呼来喊去的舞个不停，他非要我称他为大师兄。还说长大后定要带我这个小师弟上华山之巅舞剑、喝酒、论英雄。

从那时起，每年除夕吃完烧酒盘子后，大人们坐在一起扯闲聊天，师兄总拉着我到院子里舞剑耍拳。我们成天讨论的话题除了郭靖、黄蓉就是金庸。从小学到初中，我们一直在一个班，也一直坐同桌。学习都很刻苦，初中毕业时，受曾当过老师的祖父和正在当老师的父亲影响，我报考了中师，师兄赵辉却报考了市重点高中。因为从初三起，赵辉爱上了文学，喜欢写诗抒情，他想上高中，然后考大学，到中文系去深造。后来如我们所愿，各自被理想的学校录取。也从那时起，地方政府给农村家家户户都批了新宅地，村民们都盖了新房子，我们就不再住在一起了。加上各自为了学业，一年难得见几面，只有在除夕夜，才能聚在一起。

随着改革开放，人们的生活富裕了，年夜饭除了烧酒盘子外，鸡、鸭、鱼全都上了席，酒也成了上档次的西凤酒。酒足饭饱之后，大人们围在一起，边看春晚边扯闲，师兄赵辉不再拉我去舞剑耍拳，而是拽我去房间聊天，我们聊天的话题不再是郭靖和金庸，而成了《再别康桥》《雨巷》，在同师兄的聊天中，我加深了对徐志摩和戴望舒的了解。从师兄口中，我也得知他成了小有名气的校园诗人，他常有小诗变成铅印文字发表于各报刊。师兄对我说："我们人生的乐趣不仅局限于年与酒，更应该放眼于诗与远方。"在师兄的熏陶下，我也爱上了文学，也有作品时常在报刊发表，也成了校园享有盛名的小作家。只不过我只擅长于散文，写诗对我来说是个短版。

我中师毕业的那年除夕，家人们聚完餐又在一起看春晚聊天，师兄又将我拽到房间，我原兴致勃勃期待着与他一起谈诗论文，他却告诉我决定退学打工。他的决定犹如晴天霹雳，惊得我突然间睁不开眼。要知道师兄学习一直特棒，是老师和同学眼中公认的重点大学的好苗子。可就在即将高考的节骨眼，他却做出这样的决定，不得不令人诧异。然而一切出乎意料皆在情理之中，就在那年冬季，五婶因病去世。五婶的早逝是生活甩给师兄的一记重重的耳光。这一记突如其来的耳光毁掉了他原本平静的生活。

对于师兄来说，五婶的离世已经是家庭的不幸，五叔的身体又突然虚弱多病，如同一根苦瓜藤上，再结出了一个小苦瓜，使他的生活苦上加苦。"问君能有几多愁，恰似一江春水向东流。"那夜，他吟诵了好多诗，也流了好多泪，更喝了好多酒，喝得酩酊大醉。

那年春节过后，师兄挤上了东去的列车，去省城打工。如何在繁华的大都市落根生存，是生活留给师兄这个土生土长的农村娃的又一道考题。由于没有文凭，缺少技术，师兄只有凭力气下苦力挣钱。他在工地搬过砖，也在饭店洗过碗。不管生活多么艰苦，师兄一直坚持写诗，我在省城晚报的副刊上，经常能读到他的诗作。

中师毕业后，我被分配到离家乡不远的小镇一所小学任教。双休日及节假日，我一有空就去五叔家照顾一下多病的五叔，顺便帮他干些家务，这是我毕业后师兄对我郑重的嘱咐和拜托。那年除夕夜，全家人围在一起聚餐时，师兄扛着一箱酒来了。那个时候，由于父辈们早已从大家分成小家，我们这一辈也有几位堂哥娶妻成家。过年时，不再是二大伯、六小叔的大团聚，只是直系血缘关系的自家兄弟之间的小团聚。师兄过来参加我们的年夜团圆宴，更多是感谢我们全家对五叔的照顾。他扛的酒就是西凤华山论剑十年酒，那是我们当地最名贵的酒。我取笑他"一年不见，师兄发大财了！"他有点不好意思，通过细聊，才得知那是老板发给师兄的年货。原来师兄在都市终于有了个稳定的职业，就是在省城的一家西凤酒专卖店打杂。平日里就是替老板卸酒、送酒。由于师兄手勤脚快，人又机灵，很受顾客和老板欢迎。聊天中，师兄告诉我，由于老板欣赏他的忠厚老实，决定年后将新开的一家西凤酒专卖店交给他打理。我再次取笑他"那年后我就不能叫你赵师兄了。""那叫我什么？"我轻轻捶了一拳迷惑不解的他，笑着答"当然称你赵老板了！""讨打！"当他反应过来打我时，被我闪身躲过。那年除夕，我们俩躲在我房间边聊边喝，直到大年初一天亮，不知不觉中我们兄弟俩喝完了两瓶酒。我不得不承认西凤华山论剑十年酒的醇香和绵柔。喝了那么多酒，那是我唯一没有喝醉上头的一次。

后来的每年除夕之夜，师兄都会扛着一箱西凤华山论剑十年酒来我家欢聚。随着西凤酒华山论剑品味和价位的提升，为了避免奢侈浪费，我们拒绝了师兄带来的华山论剑二十年酒、三十年酒，我们的口味始终未变，一直坚持品用华山论剑十年酒。不管是嗜酒如命的父亲，还是开怀畅饮的小弟以及千杯不醉的我，对华山论剑十年酒一直情有独钟。父亲和小弟常说，喝了那么多酒，还是华山论剑十年酒得劲。就是茅台和五粮液，也喝不出华山论剑十年酒的爽快和过瘾。

师范毕业，也是工作八年后的除夕之夜，师兄来我家欢聚时，除了扛着一箱华山论剑十年酒外，还带了一位端庄美丽的女孩。不用师兄介绍，我急忙对女孩说："欢迎师嫂陪师兄回家过大年"。师嫂显得落落大方，陪着家人有说有笑。从交谈中，我才得知小说中的英雄救美就发生在师兄身上。原来师嫂是一家公司的销售经理，一次陪客人吃饭时，遭到了几个小混混的调戏。当时迫于小混混的势力，在陪的客人和饭店的老板都缩手缩脚，这一幕正好被去饭店结酒款的师兄发现。他在报警的同时，冲上前去制止小混混的恶行，结果遭到了小混混的袭击。自小喜欢舞剑耍拳的师兄体质很健壮，但英雄难以敌众人之手，势单力薄的师兄怎会是一群小混混的对手，何况他前不久还受过伤。虽是如此，为了保护师嫂不受流氓的侵犯，师兄发疯般同小混混搏斗。警察赶来时，师兄已被小混混打得鼻青眼肿，脚瘸腿拐。正是师兄见义勇为的本性打动了师嫂的芳心，要知道师嫂是毕业于省城财经大学的高才生，一家实力较强公司的中层管理人员，真正的都市丽人。她后面的追随者，可以从钟楼排到大雁塔，在这众多的追随者中，随手选一个，不管是学识地位还是身份财力，任何一个都比师兄强百倍。但最终师嫂却将耀眼的红袖球抛给毫不起眼的师兄。听师嫂说，那个时候师兄已自己经营一家西凤酒专卖店。由于忠厚善良，他从不经营一瓶假酒，更绝的是他能品出来西凤酒的真假，再加上他时常发表一些有关西凤酒的诗作，圈子内都称他为酒博士。方圆数里大大小小的饭店都放心使用师兄推销的西凤酒。殊不知那些假酒贩子也看上了师兄声名远扬的美誉，他们游说师兄将他们的假酒掺在酒里面去卖。在暴利诱惑面前，师兄没有丧失做人的本性，他在拒绝假酒贩子的同时还报了警。结果他遭到了假酒贩子的报复。一天晚上关好店门回家时，被他们围攻。后来虽然那些歹徒得到应有的下场，被关入监狱，但是师兄也被他们打瘸了腿，从酒博士变成酒瘸子。直到那次冲上前勇救师嫂时还瘸着腿。师嫂说，她看上师兄的不是他酒博士的美名，而是他酒瘸子的勇敢和正直。

十年之后的除夕之夜，师兄扛着一箱西凤华山论剑十年酒来我家欢聚时，对我媳妇所做的饭菜手艺啧啧称赞。我笑着对他说："要不是你那西凤华山论剑十年酒，今年的除夕你是品味不到这么可口饭菜的。""为何"我没有急着回答师兄的发问，而是瞅了瞅媳妇，媳妇解释道"我老爸原不想年前将我嫁过来，打算推到年后的五一，可后来不知赵锋从哪里得知我老爸好喝酒，就扛来一箱西凤华山论剑十年酒，老爸打开它一品尝，就连夸好酒、好酒！后来在翁婿俩的举杯豪饮下，老爸就将我变卖了，催我年前出嫁。为的是过年时能提早收到女婿送的西凤华山论剑十年酒。"媳妇的解释惹得师兄捧腹大笑。媳妇不是在讲笑话，她只是在澄清事实。当时老丈人就是不想让女儿早过门，打听到他好喝酒后，我决定用酒去攻他改变主意。在选酒时，我打电话求救于师兄，师兄告诉我"酒的档次不要太差，也不要过高，关键口感要好，而且喝多了也不轻易上头，就选用我们一直喝的华山论剑十年酒"。后来他专门从西安送回来几箱华山论剑十年酒。我只用了一箱，就让老丈人轻易改变了主意。

改革开放让人们的生活越来越富裕。师兄的生意越做越大，他在省城购了房，买了车，将五叔接到都市去居住。我们的工资也越涨越高，我也在开发区买了房，将父母接过去和我们住一起。平时与师兄很少见面，只有逢年过节时，才能聚在一块儿。一晃二十多年过去了，每年的除夕之夜，和师兄畅饮华山论剑的情节一直在反复。前年春节团聚时，我们的话题又从年与酒转到了诗与远方。我深深佩服师兄的是，他在文学道路上一直奔跑不息，已相继出版了《大年酒飘香》《情恋故土》《名人论剑》等好几本诗集。惭愧的是，自婚后我在文学道路上充当了逃兵，写作兴趣逐渐削弱，创作灵感也日益剧降。导致后来再也懒得动笔。

那年除夕之夜，我再次和师兄边喝边聊，一直到天亮。在师兄的开导和鼓励下，闲暇之余我重新提笔而写，在文学的道路上奋起直追。令我心存感激的是，对于我这个文学之路的逃兵，重新跻身到正在崛起腾飞的文学陕军队伍时，得到了队友们的帮扶和关爱，特别是阎安、冯西岐、陈长吟、远村等文学名家对我的指点，让我茅塞顿开，受益匪浅。我的作品相继在《教师报》《西部散文选刊》等报刊及《散文之声》《商洛作家》《绿色文学》等公众平台发表。2018 年 8 月，不惑之年的我被陕西青年文学协会接收为会员，10 月，我又被中国西部散文学会接收为会员。

2018 年的除夕之夜，我又一次和师兄痛饮畅聊。师兄问我是否还记得小时候的夙愿。我脱口而出"在华山之巅吟诗、喝酒、舞剑、论英雄。"师兄点点头说："不错，如今该到了我们实现夙愿的时候了。"

2019 年的大年初一，可以说是此生最有意义的一个新年。华山之巅，"白日放歌须纵酒，青春做伴好还乡"；"葡萄美酒夜光杯，欲饮琵琶马上催"；"劝君更尽一杯酒，西出阳关无故人"。我和师兄喝一口老酒，舞一把长剑，吟一句古诗，玩起了关于酒的飞花令。我们的痴迷劲，感染了一波又一波游人，他们也加入其中，对酒当歌，吟诗作唱。

读好书 立大志 圆我中国梦

我爱书，更爱读书，特爱读好书。清晨，当许多人还在酣然熟睡时，我早已坐在床头，手捧心爱的书本，在咀嚼文字中，品味人生。夜晚，当万家灯火相继熄灭后，我桌前的台灯依然明亮，我仍在书中寻找颜如玉。我生活中大部分业余时间全被读书侵占，说不出多少次因痴迷读书而忘记了吃饭，更记不清多少个夜晚因读书而挑灯到黎明。

从孩提时代的小小画册，到现在而立之年的教育专著、党史党刊、中外名著，可以说，书作为我进步的阶梯、忠实的朋友，伴我从无知走向成熟。

小时候开始读书时，根本谈不上立什么大志，只觉得像"床前明月光，疑是地上霜。举头望明月，低头思故乡。"《静夜思》那样的《唐诗三百首》读起来是多么朗朗上口，直到小学五年级读了《落花生》一文后，我才立下了一定要像花生那样做一名对社会、对人类有用的人的志向。这一志向从过去到现在，直至未来，永不会更改。

从爱上读书起，我从不读烂书，也不烂读书，只读对学习和工作有

126

帮助的书。从《小学生作文》到《名人名著》，从《资治通鉴》到《中国现代史》，从教育专著到中外名著，虽然达不到博古论今，上识天文、下晓地理的境界，但也算涉猎群书，受益匪浅。

开卷有益，读书对我最大的好处之一就是提高了我的写作能力，谈不上什么读书破万卷，下笔如有神，最起码从小时候的作文到现在的教育论文、教学随笔、心灵感悟，我写起来都会得心应手。手中有粮，心里不慌。书就是我的精神之粮，它成为我战胜一切困难的胜利法宝。

从《童年》到《我的大学》，《平凡的世界》给了我人生许多启迪和教育。匡衡凿壁偷光、鲁迅嚼辣椒驱寒等名人读书的故事时刻指引着我的读书之路，我读名书名作的目的不是成为名人名家，只是填充自己空白的心灵，给自己平淡的生活添加一丝别味的养料。

读好书，立大志的同时也产生过许许多多色彩缤纷的梦想，我曾经梦想成为一名优秀的宇航员，遨游于广阔的太空，亲手揭开宇宙神秘的面纱；也曾梦想成为一名英勇的边疆战士，坚守祖国不可侵犯的领土；我更梦想……但是二十年前那个果实累累的金秋，当我站在三尺讲台，成为一名小学教师的那天起，我所有的梦想只融为一点，那就是，教育强国。虽然说一朵鲜花难以打扮出一个绚丽多姿的春天，我一个人的努力拼搏也难以改变教育的现状。但是我深信，即是一粒水珠，也可以反射出太阳整个的光辉。多少年后，桃李芬芳的效果会影响一代又一代祖国的未来和栋梁。自"中国梦"的战略构想提出之后，就更加坚定了我的"教育强国"之梦想，我会为这个梦想去奉献毕生。

生活中的金秋即将远逝，记忆中的金秋永不褪色。不会忘记二十年前的金秋，初登讲台时萌发的那个伟大的梦想。在今后的工作和生活中，不忘初心，牢记使命。读书不断，志向不变。坚守梦想、读好书、立大志、圆我中国梦。

2018，我在文学道路上继续奔跑

踩着轻轻敲响的 2018 年新年钟声，我从父亲手中接过母亲用碎花布拼成的背包，偷偷吻别睡熟的妻女，继续奔跑在文学的道路上。去撒播诗歌的种子，捡拾散文的花瓣，采撷小说的甜果。我要让洒脱的文字紧随我狂奔的脚步，我要让连篇的文章铺满我跑过的道路。

2018，我要在细腻的诗歌中告别余光中淡淡的《乡愁》，我要在温柔的散文中拥抱朱自清清晰的《背影》，我要在婉转的小说里亲吻路遥闪光的《平凡的世界》。我要在诗歌的黎明起跑，在散文的午后直追，在小说的深夜奋进。我要让乡情演变为诗歌的肉体，我要让亲情堆积成散文的骨骼，我要让人间大爱升华于小说的灵魂。

有梦想就会有追求，有追求才会有远方。多年以前，一个深恋缪斯的少年，为了心中那个灿烂的文学梦想，在诗歌中穿行，在散文中踱步，在小说中跋涉。一路走来，吃过苦、受过累、遭过罪、流过汗、掉过泪、滴过血，失落过、迷茫过、徘徊过。不管怎样，他从未放弃过。一次次跌倒，一次次爬起，他只承认自己曾被生活击伤过，而绝不承认自己曾被生活击败过。在文学漫长的道路上，他即使被击倒九百九十九次，也有第一千次站起来的勇气，这就是曾经年少轻狂的我。如今，我已不再年少，但我追求文学的执着之心依旧轻狂，我要在 2018 年让诗歌为月老，与文学进行一场轰轰烈烈的热恋；让小说为新娘，散文为伴娘；执子之手，与子偕老，与文学举办一场宏大的结婚盛典。

2018，我要让轻盈的诗歌携带欢笑的女儿，在春的绿野蹦跳，让跃动的文字奏响她们童年的乐章。我要让舒雅的散文依偎温柔的妻子，在秋的丰田漫舞，让律动的字符唤醒她靓丽的青春。我要让浑厚的小说搀扶年迈的父母，在冬的雪原蹒跚，让闪动的字光温暖她们西落的黄昏。我要将所有的一切文字，编导成精彩的影视，独自躺在夏的伊甸园欣赏观看。我要让文学在我的四季大放光彩，彰显奇迹。

2018，我在文学的道路上继续奔跑。我要让朴实的文字拉近你我之间的距离，我要让温暖的语言增进你我之间的情感。我要在散文的品读中徜徉煦暖的午后，我要在翻阅小说中送走夜的孤独，我要在诗歌的吟诵中迎接新的黎明，我生活的每天，必会因文学的相伴而充实快乐！

我的心醉美在冬日阳光灿烂的午后

　　这是冬日一个阳光灿烂的午后，煦暖的阳光如同母亲慈祥的手，轻柔地抚摸着我的脸颊。踩在阳光的节奏点上，打开快递员送来的邮包，用颤动的手捧着一套崭新的《平凡的世界》，我终于用自己的作品换来了心爱的书，激动万分中泪水迷蒙了双眼。

　　时令进入初冬，在午后，我常常喜欢沏一杯淡淡的绿茶，醉美在母亲怀抱般的暖阳下。打开手机，搜遍一个又一个文学平台，痴迷于一篇又一篇精美的诗文阅读。从优美的文字中寻找灵魂的慰藉，在茶水的茗香里品味七彩的人生。

　　那是一个阳光融融的午后，当我手指一次又一次划过手机界面，徜徉在优美的文字中时，文章后"作者文章一经采用，即可联系编辑，凭文换取图书"一则"以文换书"的信息打动了我的心。按捺不住激动的心，我立刻将自己的心情串成文字，投寄给"凭此素笔、以文换书"的《源作》平台，并主动添加了其主编的微信。此后，每天午后的生活，在阳光下阅读的同时又多了一份期盼和等待。黄昏下，在郁闷无边的失落中送走晚霞，晨曦中，又在满怀憧憬的希望中迎来朝阳。日子一天天消失，我等待的心越来越空。

永远不会忘记收到《源作》徐主编微信的那个午后，当我轻抿完一杯香茶，正准备浏览美文美作时，滴滴——滴滴！随着手机微信提示音的响起，"不好意思，您的文章不适合在本平台刊发，谢谢参与！"一串跃动的字符朝我发出同情的苦笑。这是我今年投出十余件作品后收到的第一封退稿信息，我的心猛地一沉，闭着眼躺在草坪上，阳光也仿佛失去了往日的灿烂，黯淡了许多，难以温暖颓废的心。"黑夜给了我黑色的眼睛，我却用它寻找光明。"脑海中突然闪现出这首曾经轰动文坛的诗。顾城能在黑夜中寻找光明，我为什么要让心灵在阳光下沉睡？生活中的一切不如意，并不是我们找不到七彩的阳光，而是我们走不出自己的阴影。睁开双眼，我发现艳阳仍紧随我，它从未离我而去。我调整了下紊乱的心态，回到宿舍，再次伏案而作，用文字清洗尘埃的足印，一口气完成《雪，冬之魂》继续投给《源作》，同时微信告知《源作》徐主编，徐主编回复我"五天内若没有回复，视为平台拒用，可改投稿它处。"

一天、两天、三天过去了，一点信息也没有。送走第四天的黑夜，迎来第五天的黎明，还是没有任何回音，心一点也不发慌，那是假话，但是沉稳的心压倒一切。这次，我绝对相信自己的写作水平，果不出所料，当晚8：34我收到了徐主编的微信"您好，您的文章已发表。选好书告诉我吧！"我对他表示感谢之余问他"能选路遥的《平凡的世界》不？"徐主编回复我，他们以文换书活动是送单行本图书，可《平凡的世界》是一套三册。我告诉他我独钟情于《平凡的世界》，超出部分我可以付费。徐主编说不用，他让我随后再投一篇稿，计入此次便可。他对我的信任和厚爱让我很是感动。

"二十多年前，正处在花季少年的我，开始对文学狂热的追求，应归结于一个人，一部小说。二十多年后，已迈于不惑之年的我，重新患上文学发热症，仍归结于一个人，一部小说。这个人，这部小说，改变了我的人生，那就是路遥和他的小说《平凡的世界》。"这是我在作品《我和路遥不得不说的故事》（后改名为《追忆路遥》）中的开篇词，二十多年来，对于《平凡的世界》我读了又读，翻了再翻，虽达不到倒背如流的地步，但也算字字刻心。今天，当我再次打开这部"茅盾文学奖皇冠上的明珠"，激励亿万读者的不朽经典，我的心随同朴实感人的文字一起醉美在冬日阳光灿烂的午后。

美文美诵，暖冬暖心

清晨，当太阳将它的第一缕霞光投放大地的时候，我正和学生们站在美丽的校园，在雄壮的国歌声中，注视着冉冉升起的五星红旗，迎接新的一天。

今天——12 月 25 日，对我来说是值得庆贺的一天。庆贺它，不是因为今天是圣诞节，我对于一切"洋节"从不感兴趣。庆贺它，也不只因这一天是一周的开始。我庆贺它，是因为今天是一位朋友微信公众号创办一周年纪念日。

这是一位既熟悉又陌生的朋友。熟悉的是她那甜美的声音，陌生的是她那靓丽的身影。我与她的相识，缘于同对文学的痴迷和追求。她在海角，我在天涯，缩短我们之间距离的就是那感人的文字。我未曾见过她，她也不曾见过我，增进我们之间情感的还是那朴实的文字。

随着网络文学平台的兴起，一些微信公众号，在发表作者文章的同时，配上了深情的朗诵，让无声的文字变成有声的语言。作为一名文学爱好者，平时读读优美的文章，听听婉转的朗诵，写写跳动的心火，成了我消磨闲暇时光的主题。

记忆中，那是一个晚秋，深夜当我通过微信公众号再次欣赏美文美诵时，"思念像一股清泉，叮叮咚咚淌过心田，那是快乐的回忆在将心陪伴！思念像一阵细雨，哗啦哗啦流过眼帘，那是伤感的滋味在将心牵绊！"一串优美的文字伴随着一阵轻柔的朗诵，在我的面前跳起了缠绵的舞蹈。我的心醉了，我的心同季节一起醉倒在这篇刊发于《素语呢喃》，并由主播呢喃素素朗诵的《晚秋的思念》里。沉醉之余，萌发了将自己的作品交由呢喃素素朗诵的意念，随后添加了她的微信，并寄给她一篇自己的新作。

半月后，素素主编给我发来一个微信图片，那是我的文章排好版的样本，她说准备发布我的作品时，在朋友圈看到我的文章已刊发在《鲁城文学》并由雪峰主播朗诵，她觉得不妥再朗诵。我是将作品交给她，一周没有回音后才改投的，我为自己没有耐心等待而改投他处的行为向她表示愧疚。令我大为感动的是，她不因我的作品先于其他平台刊用而指责我，而是欣然接受了我推荐给她的一篇堂妹的习作。那天堂妹说经常听到我的文章，她很受启发和鼓舞，也想将自己的作品推荐给读者，可不知如何投稿，便将写好的作品发给我，让我帮忙投稿。我从中挑选了一篇交给素素主编审阅，她审阅说稿件质量很好，她会安排时间朗诵。一周后，她将临时制作好的链接发给我，让我审核，说没有问题的话就及时发布，我被她认真负责的敬业精神再次感动。当时素素主编说堂妹留的微信号是空号，我便让堂妹加了她的微信，后来她又教会堂妹怎样更改微信号。当晚堂妹的作品经素素主播朗诵刊发后，一夜之间阅读量近八百，堂妹也一夜之间出了名。

为了弥补我对素素主编的愧疚，我在收到《源作》赠送的《平凡的世界》后，写了一篇心灵感悟第一时间交与她。很感谢她为我大开绿灯，将我的作品先于他人之前安排。第二天，也就是冬至当天。下午下班后，我和几位朋友在饭店吃饺子时，收到她发的微信，她说改动了我文章中的一处重复词和几处标点符号，让我再细看有什么需要改动的地方没？我再次为她的细心所感动，同时我又向她提出为了表达我对《平凡的世界》的钟情，能否将文章后插播的歌曲改为电视剧《平凡的世界》主题歌《就恋这把土》，她欣然接受，并经多次查寻、修改，于当晚8点，将我的作品在其微信公众号首次发表。

那一夜，我失眠了。整整一宿，我打开素素主播的微信公众号，从她2016年12月25日的第一期作品《小城，今夜请将我遗忘》直到第211期我的作品《我的心醉美在冬日阳光灿烂的午后》，我读了又读，听了再听，最美的文字，最美的朗诵，伴着最感动的我度过了最难忘的一夜。

相隔十六年的稿费

　　这是一个阳光灿烂的午后，当我手捧《教师报》寄来的一百二十元稿费汇款单时，激动的心如同此刻春日娇滴的花朵，在激滟的春光中尽情舒展。

　　二十二年前那个硕果累累的金秋，我站在三尺讲台上，成为一名小学教师。闲时喜欢读书看报的我，无意中读了学校订阅的一期《教师报》后，就深深爱上了它。从此，它从众多的报刊中脱颖而出，备受我的青睐。深爱它，不仅仅在于它被教育同人称为"娘家报"。深爱它，是因为当时的它犹如一个洒脱的阳光少女，浑身散发出无穷的魅力和智慧。

　　那时候，每月等候邮递员送达学校订阅的《教师报》，就像等候家人的回信一般，焦急中充满了温暖。每当用颤抖的手从邮递员手中接过散发着淡淡的油墨香味的《教师报》，如同一个饥饿了好几天的乞丐突然捡到一块面包，捧起来疯狂啃嚼。读完它，我早已泪流满面，那是漂泊的游子扑入家人怀抱时的激动，幸福的泪水滋润了干涸的心田。

　　那个时候，不仅喜欢一遍又一遍，不厌其烦地去读《教师报》，更喜欢在它上面圈圈画画，还喜欢为它做肢体挪移手术。将它上面先进的理念、感人的文章小心翼翼地裁剪下来，粘贴在精致的笔记本上，为它另建一个新家。就这样，整张崭新的报纸一经我手，就变得残缺不全，面目全非。

令我特感快慰的是，从教五年，我将自己的育人故事用笔爬完方格后，投寄给《教师报》，一个月过后，我的那篇习作《改变人生的一堂课》发表在 2001 年 6 月 6 日《教师报》。我从《教师报》一名忠实的读者变成新生的作者，令我在同事中火了一把，激动的心情难以言表。随后不久，报社汇来的六十元稿费，再次令同事们啧啧赞叹，当时六十元的稿费，相当于我们月工资的五分之一。那个时候我也是个文学发烧友，常在一些报刊发表一些豆腐块，也会得来一些稿费，多于六十元的也有，但那只是偶发情况。大多是五到二十元的小小稿费。当然我写作的目的不是为了挣稿费，我只是以笔代话，将自己的内心世界透明给广大读者。

后来娶妻成家后，我的业余身份由文学愤青转化为家庭主男。写作兴趣顿降，写作灵感骤失，我不再去动笔畅写人生，但是我对《教师报》依然痴情未变。二十多年过去了，身边的同事退休的退休，调离的调离，学生也是送走一波，迎来另一波。人事皆非，只有《教师报》不离不弃，始终伴我左右。它作为我的良师益友，教会了我做人的道理，传授了我育人的技巧。更重要的是它在我受挫时，常常会唤醒我迷茫的心灵，给我勇气和力量。然而作为回报，我不是细心爱护、珍藏它，二十年来仍旧恶习未改，对它圈圈画画，裁裁剪剪。

去年小女儿的降生，令我在不惑之年重新找到了写作灵感。闲暇时光，读书看报之余，再次用笔吐露心声。我将又一个育人故事，用笔串成文字，投给《教师报》。2017 年 11 月 19 日《教师报·育人故事》栏原文刊发了我的习作《较量》，我再次从《教师报》的读者变成作者，心中除了高兴还是高兴。

2018 年 3 月 12 日，我收到了《教师报》寄来的一百二十元稿费汇款单，这是时隔十六年后，我收到的《教师报》又一笔稿费。在写作的征途上，当了十六年逃兵的我，重返文学战场，将《教师报》选为自己的开疆之地去打拼，是我出于对它的崇拜和信任。

　　"即使天黑了，心也要亮着。"我很欣赏这句话，《教师报》就是黑夜里闪亮在我心中的明灯。它不仅是我的良师益友，更是我的红颜知己。拜它为师，甚感荣欣。选它为友，快乐无边。"执子之手与子偕老"，漫漫人生路，我会与它牵手风雨中，相偎夕阳红。

别离在金秋

　　曾经，为了共同的梦想——太阳底下最光辉的事业，我们在丰硕之秋，相聚在这个美丽的校园，深情拥抱灿烂的朝阳。如今，依旧在这个美丽的校园，依旧在丰硕之秋，依旧为了共同的梦想，我们却挥泪惜别惨淡的晚霞。我校欢送十二名同志荣调他校座谈会在既难过又高兴的气氛中逐渐升华。

　　虽说天下没有不散的宴席，但是我们真的不忍心说别离。虽然我们无法挽留住你们的身影，但是我们会永远深刻下你们的音容。含笑的秋风吹干了今日彼此滚落的泪珠，却吹不散往昔共同流淌的汗水。岁月可以磨灭我们的容颜，但时光难以冲淡我们的友谊。

　　金秋，有一种喜悦叫丰收。今秋，也有一种伤心叫别离。今秋，我们别离在金秋，没有说不完的话，只有流不尽的泪。虽说无为在歧路，儿女共沾巾。但是面对别离，我们一时执手相看泪眼，竟无语凝噎。心中的千言万语、万语千言一时竟无从表达，此时无声胜有声，我们之间的默契，早已不需要任何言语。

铁打的营盘流水的兵。如今，你们去他校开辟新的领土，我们依然坚守在原校阵地。但愿我们在各自的讲台上不忘初心，以爱育爱。为了桃李满芳菲的明天，春蚕到死丝方尽，蜡炬成灰泪始干！

不要说人走茶凉。老校的茶水永远是暖心的，老校的教师永远是热情的，老校的大门永远是透亮的。也不要说嫁出去的女，泼出去的水，我们之间血浓于水的母女情结是无法割舍的，只要你们子不嫌母丑，我们热烈欢迎你们常回家看看，我们永远是相亲相爱的一家人！

童年的铁火罐

女儿的姨妈送给女儿一个暖手宝，女儿戴在手上，喜跳着直喊："暖和，漂亮！"如今，这种充电式的花花绿绿的暖手宝，不仅深受孩童的青睐，也是广大成年女性钟情的对象。它成为寒冷冬日的一抹阳光，温暖了人们的心。

当女儿问我小时候是否也用暖手宝取暖时，我告诉她，暖手宝是近几年才兴起的高科技产品。我们童年时代也有取暖的工具，只不过都是小伙伴自己制作的那毫不起眼的铁火罐。

小时候，每逢寒冬腊月，便四处寻来一个废旧的空空的小铁罐，在它上面用铁钉打两个小孔，用弯成弓形的细铁丝一系，找来一些发朽的木屑点燃放在罐底，再撒一层锯末木屑敷在朽木上，提在手上，抡几圈，便于罐内的朽木充分燃烧，然后用冰冷的双手捂紧发烫的铁罐来取暖。这就成了我们整个冬日取暖的工具——火罐罐。

那时候，就是这简简单单的铁火罐，并不是每个小伙伴都拥有，即使废旧的小铁罐，也很少见。因此，三五个小伙伴拥有一个小铁罐也算很富有。能找到小铁罐的伙伴，成了小头目，常常耀武扬威地指挥身后的跟屁虫："你去捡拾朽木""你去筹集锯末"。领到任务的伙伴四散而开，不一会儿，用脏兮兮的小手捧来了朽木、锯末，小头目将装在罐内的朽木和锯末点燃后，神气地将小火罐在空中抡几圈，等罐内的朽木熊熊燃烧后，小伙伴们排成队一个挨一个手抱火罐取暖。

　　小时候，由于家乡山坡有片树林，腐朽的木头很容易找到，加之那时候村庄做木工活的很多，锯末也很容易找到。最难找的就是小铁罐，为了找到一个小铁罐，可是说是费尽心思。记得有一个冬季，为了寻找铁罐，我在家搜东搜西、翻箱倒柜，终于找到一个铁罐。当时铁罐内装有满满一罐碧绿的茶叶，但是为了制作铁火罐，我倒掉了所有的茶叶，为此我还挨了父亲一巴掌。他说那是在城里工作的大伯带给爷爷的茶叶，爷爷一直舍不得喝，将其珍藏在箱底，没想到让我这个败家子给白白倒掉。父亲的那个巴掌很重，但是他带给我的疼痛很快在小伙伴们追前赶后的恭维中化解。那年冬季，我因拥有一个铁火罐，成了伙伴们的小头目，也经常神气地指挥这个、指挥那个。

　　童年时代的冬季，铁火罐跟书包一样成为上学时的必带品。上课时将铁火罐藏在桌兜，一下课，便迫不及待地取出来，使劲抡几圈后，小伙伴们便争着抢着去暖手。有一回，天实在太冷太冷，冻得我的小手直哆嗦，我便趁老师不注意时，偷偷伸手去摸藏在桌兜的铁火罐。摸着摸着觉得不过瘾，就用双手紧紧捂住它，再也舍不得松手。那节课，同学们用笔记了好多生字，我却一个字也没写，老师狠批了我一顿，从那以后，无论天多冷，我上课再也不去触摸藏在桌兜的铁火罐。

　　一晃三十年过去了，如今童年时代的铁火罐再也寻不到一丝踪影，但是它确实曾温暖了我童年的整个冬季，也给我的人生留下了一份温暖的回忆。

盘旋在麦田上空的植保无人机

"春雨贵如油！"突然从天而降的一场细雨，让愁眉不展好多天的老农们的脸庞终于绽放出欣喜的笑容。久旱的农作物，放开喉咙，"咕咚咚"饱饮甘甜的雨露后，伸出柔嫩的双手，将春姑娘紧紧拥抱入怀。

雨过天晴，呼吸着清新的空气，我带着女儿去野外踏青。女儿好像一只勤劳的小蜜蜂，在雪白的梨花前还没站稳脚，又跑到粉红的桃花边，稍微驻足后，又飞到金黄的油菜花丛中。

"轰隆隆"一阵由远而近的响声吸引住了欢蹦的女儿，"爸爸，快看，直升机！"女儿忙拉着我，向不远处在麦田上空盘旋的直升机跑去。跑到跟前仔细了解后，才得知原来是政府部门用植保无人机给村民的麦田免费喷药，除草防虫。看着在绿油油的麦田上空飞来飞去的直升机，我的思绪扯回到童年。

记忆中，那个时候一开春，村民们就开始在麦田除草。那时候，没有先进的机械，全凭手工除草。下午放学后及星期天，我就去麦地帮父母除草，开始用手拔，后来用小铲铲或小锄锄，就这样在麦地里，一寸连一寸，一尺接一尺向前除草，劳累一整天，腰酸背疼，可是连一片麦田的草也除不尽。那个时候，村子里每家每户都有大大小小好几片地，费了好几天工夫，除完这片麦地的草，又去除那片麦地的草，一片一片除下来，整个春季的时光就耗费在麦田里。

上初中后，麦地除草淘汰了小铲小锄，也宣告用手拔草的时代结束，村民们开始用喷雾器喷药除草。节假日，我也背着喷雾器在麦地走来走去帮父母除草，这样一亩麦地的杂草，只用三五个小时就可以喷除完。但是由于一台喷雾器兑药后，只能装一桶水，需要不停兑药换水，每喷一块地，需用架子车拉一大铁桶水。有时候，一大铁桶水不够，还需回家再用架子车拉，这样比较费事。加之喷药时，风一吹，药就会喷到脸上。所以每次喷药都带着一只大口罩，就这样十分谨慎地喷药，有时稍不注意，药就会被风吹进眼睛，灼伤眼睛。

再后来，师范毕业后，村子里麦田除草已改用由柴油机带动的大型喷雾器。它在发动机上接一节长长的喷药管，一人在发动机前兑药加水，一人拖住喷管在麦田来回喷药，大大加快了除草速度。随后发明的电动喷雾器，给农民麦田除草防虫带来了更大的便利。

在改革开放的和风吹拂下，社会在迅猛发展，人类在高速进步。这不，仅几年时光，麦地除草竟变化成无人机。这种植保无人机，操作员在地面遥控操作，飞机在离地面两三米的高度作业，一架无人机只需十来分钟就能喷洒完一亩地，能抵上多个人工劳动力。且植保无人机喷洒均匀，能适合农作物生长的需求。植保无人机主要是由飞行平台（固定翼、单旋翼、多旋翼）、GPS 飞控、喷洒机构三部分组成，通过地面遥控或 GPS 飞控，来实现喷洒药剂、种子、粉剂等操作的方式，喷洒作业人员可避免与农药直接接触，有利于增强喷洒作业的安全性。

植保无人机具有作业高度低，飘移少，可空中悬停，无需专用起降机场，旋翼产生的向下气流有助于增加雾流对作物的穿透性，防治效果高，远距离遥控操作，喷洒作业人员避免了暴露于农药的危险，提高了喷洒作业安全性等诸多优点。

另外，植保无人机喷洒技术采用喷雾喷洒方式，至少可以节约百分之五十的农药使用量，节约百分之九十的用水量，这在很大程度上降低了资源成本。

"嘭嘭嘭"一阵急促的跑步声打断了我的思绪，一位老农提着几瓶矿泉水匆忙跑到田间地头，硬往喷药员手中塞。老人激动地说："还是党的政策好，感谢改革开放，感谢人民政府！过去，我们长年累月面朝黄土背向天在农田劳作，现在我们在屋子看电视，政府却派人给我们喷洒农药。我们不用费力，也不用花钱，我们得到的全是实惠。"

老农的话的确说到大家的心坎上，就拿女儿上学来说，现在不但实行"两免一补"，还实行营养午餐，上学不掏一分钱，而且还有免费的午餐。这幸福美好的一切，真的应该好好感谢政府、感谢党。

一位驻村女干部的扶贫日记

2017年6月7日　星期三　晴

　　踱步在白色的病房内，一边哄着哭闹的小女，一边照看着住院打点滴的婆婆，我这个一向刚强的女汉子，身体一时有些吃不消。手忙脚乱中，兜里的手机又响个不停，接通电话，传来单位领导慈严的声音"有急事，赶快回单位。"再没有一句多余的话语，电话匆匆就挂断。我只好将婆婆留给年迈的公公一人照看，急忙抱着孩子坐公交车赶回单位。

　　一见到我，领导抱歉地说："实在不好意思，你的孩子刚出生还未满一百天，原本不打算影响休产假的你，可是由于扶贫攻坚任务紧急，单位实在抽不出人手，只能委派你去北阳村驻村扶贫了。你的产假也只能提早终结了，望你克服一切困难，准备一下，明天去扶贫点报到吧！"领导的话犹如晴天霹雳，在我的头顶炸响。一时不知所措的我没有向他解释我目前的困境，只是茫然得点了点头。走出领导的办公室，一股不

146

争气的泪水迷蒙了我的双眼，我才深感自己是极其刚强的外表紧裹了一颗十分脆弱的心。

2017 年 6 月 8 日　星期四　晴

　　天刚蒙蒙亮，许多人仍在酣然入睡中，我已怀抱小女儿，手拖大女儿，在丈夫相陪下奔向二十五千米开外的扶贫之地（教学的丈夫和就读小学五年级的大女儿正好放假）。

　　七点半，当我到达扶贫所在的北阳村时，驻村第一书记杨书记和驻村工作组刘队长已等候在那儿。简单开了个会，就近期工作重点及要务做了安排后，我首先从熟悉三十四户贫困户资料入手，再到逐家挨户了解具体情况，就这样一头扎入扶贫工作。很少顾及嗷嗷待哺的幼女，只是在她哭闹得特别厉害时抽空给她喂喂奶。有好几次，听到她撕心裂肺的啼哭，心如刀绞的我就想撇下手头的工作，抛开一切，只想抱着女儿离去。但是我最终选择放弃的是自己的亲骨肉，忍痛工作，让繁忙的工作消磨我对她的愧疚。

　　时针已走过深夜十一点，夜幕笼罩下的村庄极其宁静，村委会大院却是一片灯光透亮，我们工作组成员和村镇领导一起还在完善、准备迎验的资料，这时，又是幼女不停点的啼哭打破了夜的宁静，赶来指导工作的副县长劝我放下手头的工作去管管孩子。走出会议室，一向温和的丈夫将哭闹的女儿给我怀中一递，猛然发火："你有没有完，顾不顾家？"面对丈夫的咆哮，我凄然无语。

2017 年 6 月 10 日　星期天　晴

　　这是一个星期天，可是"节假日"这个词，早已从我们扶贫人员的字典中消失。替代它的是"5+2，白加黑"的工作模式。此刻，正是麦收的时段。我们的工作地点也转到田间地头，在太阳的爆晒下，挥汗如雨的我们追随着收割机奔来跑去。单位的帮扶人员，顾不上自家的麦子，全部下村，分头走进贫困户，帮其收割、播种。忙碌的帮扶队伍中，新添了丈夫和女儿的身影，当单位的同事问正在帮丈夫撑袋子装小麦的大女儿热不热、累不累时？从没干过农活的她摇了摇头，笑着说："我感到很快乐"，听着女儿的回答，我感到很舒心，我觉得她突然间长大了。

2017 年 6 月 12 日　星期一　雨

丈夫和大女儿收假了，公公还在医院照看婆婆，我只好拖小姑来照看幼女。清晨，我挤了一储奶袋奶，将它冷存冰箱后，偷偷亲了亲熟睡的小女儿，轻轻抹掉眼角的泪，便急忙搭车赶往扶贫点。

一整天，我一闲下来就思索"女儿醒来后找不到我，会不会哭寻？她是否适应去喝储存的奶？"

晚上回到小区，还没走到家，就听到女儿的啼哭声。一打开房门，顾不上说什么，我从小姑手里抢过女儿，将她紧紧抱在怀，泪水再次夺眶而出。

2017 年 7 月 28 日　星期五　阴

参加完县上的扶贫工作推进会后，发现单位一向有"快乐王子"之称的小王闷闷不乐，仔细一问，才得知他媳妇因他把给儿子买的新衣，不吭声悄悄送给包抓的老李家小孙孙，给她摆了好几天脸色。这时单位的老刘叹了一口气"唉，同病相怜，我也因那天突发雷阵雨急帮贫困户去收晾晒的麦子，导致自家晾晒的麦子被雨冲，已被老婆断了两天伙食"

这些朴实的汉子，在繁重的工作之余，还要遭受家人的抱怨、指责，但是他们从没有因此而懈怠自己的工作，我以有这样的同事而骄傲，更以生活在这样一个积极向上、任劳任怨的队伍群体而自豪。

2017 年 8 月 24 日　星期四　晴

看望完住院的包抓帮扶人杨秋生后，我在医院的过道里碰上了工作组刘队长。她这些天一直在医院照看突发脑溢血的包抓贫困户，先前青春靓丽的脸庞写满了疲惫，塌陷的双眼也失去了原有的光彩。不明事理的人，猛一看，好像患病住院的就是她。

就是这个看起来弱不禁风的丫头，曾用自己瘦小的身板背着昏迷不醒的张某跑了好几里路。那天，刘队长再次去探望包抓的贫困户张某，敲了好半天门，无人搭理。恍惚中她觉得有点不对劲，便设法翻进张某低矮的小屋，发现了倒在后院昏迷不醒的张某。他大概是上厕所时晕倒的，半褪掉的裤子也没来得及提。刘队长顾不上男女之别，她边给张某提裤，边打急救电话。等救护车奔来时，她已背着张某跑到村口。那天，要不是抢救及时，张某早就送命。醒来后的张某见人就夸刘队长比他的亲女儿还要亲！

2017 年 10 月 4 日　星期三　雨

随着中午 12 点的钟声敲响，我揉了揉发花的双眼，关掉电脑，直起身，伸了伸腰，正准备稍微休息一会。杨秋生的媳妇杨玉兰跑到村委会，硬拽我去她家吃饭。她说："这双节，人家正在休假，同家人团聚。你一姑娘家，抛夫弃女，仍在我们这小小的村子工作，不填饱你的肚子，我心中怎过意的去！何况，你帮了我们那么多。"

拗不过她的盛情，我只好去她家。她亲自用家乡的手擀膜子面招待我，还有自制的醋粉。吃饱饭后，她还给我打了一瓶亲自酿制的农家醋，我掏钱给她，她死活不肯接受。后来，我给他在陕汽技工学校就读的儿子杨军帅发了一个百元的微信红包，祝他中秋快乐，学业有成！

自从扶贫以来，我们去探望贫困户时带些水果、衣物，贫困户有时也回赠给我们一些自家种植的蔬菜，就在这样的礼尚往来中，拉近了彼此的距离。

2017 年 11 月 6 日　星期一　阴

我们的扶贫工作，得到了市、县、镇、村各级领导的肯定和好评，也受到了所有贫困户的欢迎和尊敬。对我们来说，没有最好，只有更好。不管有多苦，也不管有多累，只要帮助贫困户早日脱贫致富，我们就心安理得，深感愉悦和幸福。

扶贫的道路还很长很长，巾帼不让须眉，我会和其他扶贫人员一道，不忘初心、牢记使命！打好这场没有硝烟的扶贫攻坚战。

三尺讲台的变化

　　1983 年 9 月，五岁的我告别了穿着开裆裤，整天在土堆上爬上滑下的顽童时光，背着母亲用碎花布缝制成的书包，被父亲送到了村里学校的育红班（现在叫学前班），拉开了学生时代的序幕。

　　学校的教室是两排土坯房，听爷爷说，它原先是一座小寺庙。父亲上学的时候改成了小学堂，后来经过多次的翻修，才成为供我们上学的学校。学校教室的门窗都很破旧，所有的窗户上没有一块玻璃，只订着一层塑料纸用来遮挡风雨。我们育红班的教室只有一张没有桌兜的破桌子，那是老师的讲桌。学生的课桌都是在两个相隔一米二，高五十厘米的泥墩上放置的一块水泥板。坐的凳子都是我们各自从家里带来的小方凳。

　　刚入学，坐在石桌旁听老师站在讲台上高一声低一声讲课，我们觉得很新鲜、很好奇。有时，老师在讲台上走来走去讲课，一不小心打个歪斜，差点跌倒，惹得小伙伴们捂嘴偷笑。因为老师的讲台跟我们教室的地面一样，到处都是凹凸不平的土坑。我们教室的地面是土的，老师的讲台也是土的，只不过略高于教室地面。由于长期打扫和踩踏，不管是讲台，还是地面，都变得坑坑洼洼，高低不平。当老师讲课觉得我们听累时，就让我们趴在石桌上休息一会，起先我们还觉得挺凉块，感觉很舒服。可是随着季节的转换，进入冬季后，面对那冷冰冰的的石桌，就是听老师讲课再累，我们也不愿趴在石桌上休息。

那个时候，最讨厌的就是冬季。好像那个时代的冬季特别冷，不是你冻肿脚，就是我冻破手，小伙伴中冻破脸和耳的现象时常发生。趴在冰冷的石桌上，一边听课，一边不停搓手，冻得实在受不了时，还不停的跺脚。一下课，都跑到教室外的太阳下围在一起，你挤挤我，我挤挤你，用这样的方式来取暖，如果遇到雨雪天，一下课，全围在教室墙角挤来挤去，这个成为我们整个冬季唯一取暖的方式。

除了讨厌冬季外，最不喜欢的还有下雨天。一下雨，整个村庄一片泥泞，除了少数家庭较富裕的同学打着黑布伞、穿着高脚泥鞋(雨鞋)上学外，大多数同学都是带着用麦秆编织的草帽，穿着略高过脚面的开口泥鞋上学，不是被雨浇成落汤鸡，就是被泥浆雕成塑像。那个时候最大的愿望就是下雨时能撑一把黑布伞，穿双高脚泥鞋。

随着改革开放之风的蔓延，人们的生活越来越富裕，我的这个愿望在小学三年级的时候就实现了。当父亲将一把黑布伞和一双高脚泥鞋递给我时，我兴奋得狂跳起来。一向讨厌下雨的我，竟乞求老天爷即刻下场雨，让我在雨中疯跑几圈。我们的课桌换成了木桌，老师的讲台也变成用青砖砌成的方台。

1990年8月，小学毕业的我，背着父亲新买的印有"红军不怕远征难"几个鲜红大字的草绿色布书包，告别了七彩的童年，跨入了公社初中的大门，成为90年代的第一批初中生。

新的环境令我眼前豁然一亮，教室是几排整齐的砖瓦房，灿烂的阳光透过明亮的玻璃照射在崭新的桌椅上，使原本透亮的教室更加明净，讲台是用水泥加固成的平整的标准的三尺方台。更令我们欣喜开怀的是，早晨趁黑到校读书时，再也不用点着煤油灯和蜡烛，明亮的日光灯在照耀我们前程的同时，也在映射着社会的进步。

1993年秋，初中毕业的我跨入了陕西省凤翔师范学校的大门。高大的楼房、宽敞的校园，令我这个一直成长在农村的新生大开了眼。

那年寒假回家发现，不到半年时间，村子就新建起一栋栋二层楼，我差点找不到被包围在当中的家门。回到家，家中也新添了两件大家具，一辆飞鸽自行车，一台长虹彩电。轻便的自行车，让我走亲访友不再为步行十多里路而犯愁。我自小就是个电视迷，小时候，全大队只有三台黑白电视机，分别置放在三个小队的仓库中，每个小队的成员挤在仓库看电视，常常为了争看各自喜欢的节目发生口角，甚至动手伤人。后来，富裕的家庭逐渐买起了黑白电视机，没有电视机的家庭等夜晚忙完农活，便串门去看电视。每次串门看电视，都得说一些恭维的话，哄家主开心。五年级的时候，我们队海生家买了一台彩电，这是我们整个大队拥有第一台彩电的家庭，海生的父亲是我们大队第一个走出乡村，去深圳沿海城市发展的淘金人。顺应国家改革开放政策，凭着他的聪敏才智和吃苦耐劳，他一下子成了暴发户。海生和我同在一个班，为了能常去他家看彩电，他成了我们的小头目，经常耀武扬威的指挥我们干这干那。同伴中有好玩的拿给他先玩，有好吃的带给他先吃。一台小小的彩电，让我们在他面前低声下气了好几年。这下，终于不再为看电视而屈尊下驾故意讨好他人了。

全村子，变化最大的就是母校小学。原先破烂不堪的土坯房被一间间青砖灰瓦的平房所替代，雪白的墙壁，平整的地面，崭新的桌椅。让人觉得学校就是最好的家。

1996年9月，在那个果实累累的金秋，中师毕业的我，站在了三尺讲台之上，成为一名小学教师。就是这小小的三尺讲台，继爷爷后父亲在上面走过了大半辈子，如今，我从他们手中接过教棒，继续漫步。

从在三尺讲台和孩子们探讨人生起，教育的变化犹如中国高铁的发展，既快速又优越。先是全县所有的学校建起了教学楼，接着是教师工资不断增长。

1998 年，我们学校宿办楼和教学楼都通上了暖气，从此，人生的冬天不再感到寒冷。

再后来，学校的前院和后院都实行了水泥硬化，师生下雨天也不再犯愁踩泥，小时候的泥鞋、黑布伞已成为历史，一把把色彩鲜艳的自动伞成为雨天遮挡在头顶亮丽的风景线。

周末回家，由于国家道路村村通政策的实施，交通特方便，一出校门，就可坐车到家门。回到乡下，家乡的道路也变成了水泥路，晴天不再尘土飞扬，雨天也不再泥泞不堪。

和亲友的联系，不再是用挥动的笔尖在平整的信笺上刻满思念，也不再是在绿衣邮差的递送中充满焦急的等待。一个电话、一条微信、一段视频，打破了时限、穿越了地界。

我们现在的校园，前院铺成了大理石，后操场塑胶跑道环绕着碧绿草坪。教室黑板变成了电子白板，不再担心纷飞的粉笔末染白头、呛坏喉！为了避免碰伤学生，平整光滑的大理石三尺讲台上，还铺上了一层柔软的地毯。

作为教师，令我更加拍手称快的是，九年义务教育的普及，学生们上学不再掏钱，因掏不起学费而退学的现象已不复存在。非但如此，学生们还享受上了营养午餐，打破了天下没有免费的午餐这一常规。很羡慕现在的学生，坐在冬有暖气，夏有空调的教室，喝着免费的牛奶，吃着不掏钱的面包。一年四季，不受冷来，不怕热。不挨饿来，不受苦！也很满意自己现在的生活，随着教师地位和待遇的不断提高，教师成为越来越受人尊重和令人羡慕的职业。住楼房，驾小车不再是暴发户的专属。我们的教师也住进了满意的楼房，开上了中意的小车。

学生是快乐的，我们就是幸福的！如今，学生在这美如公园的校园快乐成长，我们在这幸福的三尺讲台呕心沥血。

这美好的一切，应归功于党的好政策。

第五辑　泪在中秋的细雨中纷飞

抉择

　　李局长盯着桌头的那张优秀管理干部学习培训推荐表，迟迟不能决定究竟该上报谁。他的这个决定不但决定被推荐干部的命运，也决定全局百余名干部职工的命运。这次被推荐的干部，进省委党校学习培训三个月后将再次提升，而他所推荐的人选，有可能接替他掌管本局。一个月前，组织部门已找他谈过话，三月后他即将上调到县委部门另有重用。组织部门经过考察，决定让他在单位强副局长和邹副局长中确定一名接班人参加省委党校的这次优秀管理干部培训。原本他是铁定心上报强副局长的，可是就在刚刚结束的局机关党委扩大会议后，他的思想开始动摇了。

　　提起刚才的扩大会议，他在惊诧中又有一丝无奈。他原本打算"七一"来临之际，聚全局之力，隆重举办一次"庆七一"文艺晚会，歌颂中国共产党的丰功伟绩，同时也给本单位职工提供一个展示才华的舞台。当他同强副局长交流这个想法时，强副局长以"时间紧迫、任务繁多、安全难保"为由否定了他的设想。后来他们各持己见，难见分晓，最终他决定将"是否举办庆七一文艺晚会"这一议题提交局党委会议研究决定，只不过他采纳了强副局长的建议"要听取更多人的呼声"，召开了办公室主任、各科室负责人参加的局党委扩大会议。会议一开始，当他阐述完举办"庆七一文艺晚会"的重要性和必要性后，满怀希望提请与会人员举手表决时，六票赞成，十票反对的结果犹如一盆凉水给他当头一击，浇灭了他心头刚刚跃动的火花，使他的整颗心透凉至极。赞成的六票，是除强副局长之外的局全部党委委员，反对的十票除强副局长外，全是新出席本次会议的科室负责人。为什么会前强副局长一再鼓动自己召开扩大会议进行表决，难道她，想到这，他又惊出一身冷汗。他点燃了香烟，猛吸了几口，然后张口吐出一波又一波细长的烟圈，烟雾蔓延中，他的思绪回到六年前。

六年前，老局长将全局打造成全县最有名的单位，局职工感受到人生最辉煌的时刻，却悄然身退、退位让贤。起先，老局长向组织推荐的接班人并不是他，而是跟随老局长从一名普通职工，再到科室主任，然后到副局长一路辛苦打拼的邹副局长，只不过邹副局长以"年龄过轻，经验不足"婉言谢绝，他才从一个不起眼的小局过渡到这个全县重要的大局当局长。

他从一个小小的清水衙门，一下子坐上了全县八大要局之一的头把交椅，深感任重而道远。由于人生地不熟，加之当时强副局长的故意刁难，令他处处掣肘。强副局长是一位在位多年的女局长，有传言，若不是因为他，现在局一把手就是这位女局长。他能感受到强副局长对他的蔑视和挤兑，好在年轻的邹副局长极力配合他的工作，替他冲锋陷阵，为他排忧解难，使他在职工和社会的威信日益稳固。他很感激也很感谢邹副局长，也将许多重要的工作放心地交给邹副局长去做。只不过后来的一次争执，打破了他们的友好局面。

那是三年前的一次年终优秀评定，县委给了局机关六名优秀名额，他决定将其中的一名名额留给他，还有两个名额留给和他关系要好的马某和宋某，其余三名名额交由局党委会商议决定。没想到一上会，邹副局长就驳倒了他的提议，坚持优秀评选是看工作实绩，而不是凭借个人关系，邹副局长当会的极力反驳，让他一把手的权威受到挑战，颜面扫地的他拍案而起，会议最终不欢而散，从那后他心里就挽下了一个解不开的结。

后来，在强副局长的操作下，他和另两位关系要好的同事如愿成为单位考核优秀。也从那时起，强副局长开始走进了他的生活，她先前敌视的目光被讨好的笑脸取代，她往日的故意刁难也被如今的附和奉承驱散。他也从那时起感受到强副局长的热心，昨日她刚给他儿子送一套中考复习资料，今天又送给他老婆一套化妆品，还一再声称这绝不是拉拢腐蚀领导，而是她家的复习资料和化妆品堆积成山，这是找领导替她化解困难。有了强副局长的加盟，也许是出于对邹副局长的私心报复，他渐渐将邹副局长搁置在一张冷板凳上，而将局里的大小事，全交由强副局长去办。再后来，局机关的好几次人事调动和先进决议中，他偶尔也有出于私心偏向关系户的，每次都得到邹副局长的质疑反驳，而每次强副局长又能排解万难，令他称心如意，以致他和邹副局长越走越远。

也正因为如此，一周前，当组织部王部长将优秀管理干部学习培训表递给他时，他毫不犹豫的推荐了强副局长，王部长当时只是含笑让他考虑妥善后再做最终决定，莫非王部长察觉到了什么？他这时才想起，单位有不少职工反应强副局长善于利用手中的权力，拉帮结派，结党营私，他先前认为那是职工对强副局长的嫉妒和造谣，可通过今天局党委扩大会议的举手投票来看，这绝不是无风之浪。犹豫不决中，他拨通了老局长的电话，嘘寒问暖后，他转入主题，诚心询问当年老局长为何不推荐已是常务副局长好多年的强副局长接班，而推荐担任副局长没几年的小邹呢？老局长告诉他，小邹和小强工作能力都很强，甚至有时候他更看重小强的能力，但在做人上他一直很看重小邹。

老局长的回答令他茅塞顿开，他细细一琢磨，六年来，除了"这人一根筋，工作六亲不认"外，他再没听到过一丁点儿有关邹副局长负面的议论，反而是有关强副局长善于"钻营心机、奉承领导、拉拢附属"的言论从未间断。这时，他才想起王部长那天临走时拍着他肩膀说的话："小李，有德无才是次品，可以培养用；有才无德是危险品，绝不可用；有才有德是正品，可以放心使用。"

王部长的话再次令他眼前一亮，他不再犹豫，拿过桌头的那张优秀管理干部学习培训推荐表，刷刷刷写下"邹德正"这个名字后如释重担般轻松地笑了。

让座

　　走出医院的门，呼吸着新鲜的空气，郭小金迫不及待地乘上县城开往 C 镇的公交车。他做完胆囊切除手术不到一周，医生让他在医院再休养三四天，但他却执意急着出院。并不是闻不惯医院那股刺鼻的气味，他关心的只是他的学生。他是 C 镇小学六年级的语文老师兼班主任，再有一个多月，他所带的这群学生就将小学毕业。

　　"我不在的这几天，他们究竟怎么样？张琼是不是还是那样助人为乐？跟李红相依为命的奶奶是否身体康复？"一坐上公交车，郭小金满脑就不停地反复投放班级学生的信息。就在他深思细想中，还没到发车时间，一个接一个乘客已陆续占满了座位，车内的通道里也站了不少乘客。其中一个站立的乘客，盯着郭小金看了会，小声叹叹气，又轻轻摇摇头。

　　他就是郭小金所在学校的老校长，年前刚离任。他之所以摇头叹气，是因为觉得郭小金过于势利。人走茶凉，自己刚从校长岗位退下来，这年轻人就视若不见，要是放在以前，早起身让座了。伤悲之余，他又觉得有点对不住这个年轻人。一年前，他硬是将原本属于郭小金的年度职称考核优秀指标挤让给同在学校任教的外甥小黄。比起任劳任怨、埋头苦干、人见人爱的郭小金，这个小黄可以说全校师生没有一个不厌恶他。小黄善于投机钻营、不学无术，视教学为游戏，只因为他是老校长的亲外甥，对于他的恶语陋习，全体师生敢怒不敢言。正因为老校长将郭小金的年度职称考核优秀指标硬挤让给外甥小黄，致使郭小金在职称晋升中错失良机，被拒门外。虽然事后，郭小金毫无怨言，仍一如既往辛勤工作。但老校长总觉得郭小金在心底多少对他有一丝恨意，也许正是这种恨意，郭小金今天故意不给他让座。

郭小金完全置身于沉思中，丝毫未察觉到站于身后的老校长，也根本不知老校长对他产生了误解。公交车猛的一启动，伴随着突发的摇晃，郭小金才缓过神，抬头发觉车内已挤满了人。这时，他发现座前有一位老奶奶吃力地抓紧扶手，随着摇动的车身左右晃动。他忙站起来，想搀扶老奶奶坐到自己的座位上，没想到他刚起身，一个怀抱三岁左右的小孩、打扮的很时髦的少妇抢座在他让出的座位上。"这是我让给老奶奶的座位，你……你……你怎么……"郭小金一激动说不出话来，"你……你什么，没看见我抱着孩子？你懂不懂得尊老爱幼？"面对少妇喋喋不休地责问，郭小金一时哭笑不得，倒是老奶奶很大气，开导他说"小伙子，没什么，我老太婆身子骨还硬朗，谢谢你了，座位还是让抱小孩的姑娘坐吧！""哼！"那少妇丝毫不领情，发出一声蔑视的腔调后大咧咧地坐到座位上。

公交车行驶了两站后，车上的乘客越来越多，越来越挤。为了避免被挤在身旁的乘客触碰到还未痊愈的伤口，郭小金将身子向身旁的座位靠了靠，谁料靠近的同时被身旁的人一挤，右腿不小心碰到了那抱小孩的少妇，还没等他说对不起，那少妇就高叫道"滚远点，别耍流氓！"车内所有乘客的目光刹那间随着少妇的尖叫朝他射来，一时弄得还没结交到女朋友的郭小金涨红了脸，幸好那老奶奶替他开脱道："这小伙不是有意的，车内人多，大家伙相互忍让下。"那少妇扭过头去不再多说，郭小金忙向老奶奶道谢。这时车又到一站，坐于少妇旁的那位乘客起身下车，郭小金又伸手搀扶老奶奶，想让她坐到空座上，孰料没等老奶奶来得及入座，那少妇又顺手将怀抱的孩子放在旁边的空座上。少妇的做法顿时引起不少乘客的不满和责怨，但少妇对此置若罔闻，只是一味玩手机，郭小金觉得无奈之余对她多了一份鄙视。

　　大概是由于站立的时间较长，郭小金觉得伤口隐隐作痛，额头也在渗汗，他咬紧牙关强忍着。身旁的老奶奶察觉了他的异样，问道"小伙子，你怎么呢？"他摇摇头说"没什么，不碍事！"这时车又停靠一站，上来一位中年大叔，他一看见郭小金忙问到："郭老师，我听孩子说你手术住院，你这是出院了？身体康复没？"从这位学生家长的询问中，车内的乘客才得知郭小金刚做完手术，难怪他此时汗珠不停滚落，车内坐着的乘客纷纷起身给他让座，他身后一位大妈硬是将他搀扶到她的座位上。

　　这时，那少妇也好像感觉到了什么，将坐于旁座的孩子抱起来坐到她的腿上，而将那个车位让给了身旁的老奶奶，车内顿时响起了一片掌声。

泪在中秋的细雨中纷飞

当夏日的余热退场，凉爽的秋风便不动声色地穿过时光的罅隙，染黄了季节的眉梢。今秋，阴雨成为整个宇宙的主宰，它连连发泄自己的私愤，企图用涌动的泪水唤起人们的同情。

虽是多雨之秋，但斜风细雨，丝毫吹不散游子思乡的心迹，也淋不湿游子念亲的情怀。今年的中秋适逢国庆长假，为了给亲人一个团圆的中秋，也给自己一个圆满的归宿，漂泊的游子纷纷踏上返乡之路，激情拥抱、对酒当歌，一幕幕幸福的团圆喜剧在神州大地千家万户逐一上演。老高家中，更是觥筹交错、欢笑起伏，十几个年轻男女聚集在一起，狂喝疯聊，好不热闹！他们欢庆的主题，并不是为了喜庆中秋的团圆，而是为了庆祝老高儿媳的生日。

搀扶着老伴，站在窗下，望着屋内五彩缤纷的灯光，老高不由得一阵心痛。他痛心的不只是儿子、儿媳冲淡了中秋庆团圆的主题，真正令他痛心不已的是团圆之夜，他和老伴竟被儿子谢绝门外。"都说养儿为老，可是……你说这是什么世道啊？"就在老两口捶胸顿足的抱怨中，

163

隔壁老王一家说说笑笑走了出来，眼尖的老王发现了他们，硬是拽着老高老两口去参加他们全家的中秋团圆宴，老高忙借口也要和儿子、儿媳们吃团圆席推辞了。眼瞅着老王的儿子、儿媳搀扶着老王两口走向金碧辉煌的饭店，老高两口子又是一阵苦叹。

自小穿开裆裤一起长大的老高和老王是同一天出生的，又一起上过学、参过军，退伍后又同在一工厂打工。苦苦打拼了一辈子，又同给儿子在同一小区购买了住房，而且是邻居。命运竟如此相似，老高的儿子和老王的儿子也是同一天出生，只不过老高的儿子是亲生的，老王的儿子是领养的。老王领养的儿子原是他和老高老班长的遗孤，2008 年汶川大地震，老班长一家除当时上初三的儿子幸存外，其余无一幸免，全部遇难。事后，因战争失去生育能力的老王便将老班长的儿子领回家抚养，并将他和老高的儿子安排在一起上学。那年中考，他们双双考入了重点高中，高中三年，他们同桌了三年，也相互竞争了三年，每次考试，他俩你不是第一，我就是第一。高考那年，他们又以优异的成绩考入首都大学，毕业后又同时考为省政府公务员，又同在一科室工作。这俩孩子，让默默无闻大半生的老高和老王一时在方圆十里名声鹊起。

老高和老王都以出色的儿子而骄傲，一夸起他俩就赞不绝口。幸福的家庭个个相似，不幸的家庭各有各的不幸。从前年各自给儿子娶妻后，两个原本幸福相似的家庭却天差地别。老王一家每逢节假日不是全家出外旅游，就是居家下馆子会餐。相比老王一家幸福祥和的家景，老高一家就惨淡了许多，老高的儿子不知忙于什么，很少回家，他的儿媳不是摔碟摆脸，就是指桑骂槐，搞得老两口常常苦泪流不干。

就在国庆前天，老高给儿子打电话让他记得放假早点回家，可儿子当时就告诉他，国庆当天给单位局长儿子过生日，回不了家，等他媳妇中秋过生日时再回家庆贺。挂断电话，老高一阵伤悲。儿子能记住给单位领导儿子过生日，也能记住媳妇的生日，可唯独忘却了自己这个做父亲的生日。老高没告诉儿子，今年国庆正好是他的七十大寿。国庆节当天，老王的儿子盛邀老高两口去参加老王的寿宴，当老高问老王的儿子为什么没去给领导儿子过生日时，老王的儿子告诉他"不管在我眼里，还是在我心中，父母高于一切！"从未喝醉酒的老高那天酩酊大醉。

中秋节当晚，儿子风尘仆仆赶回家，还没取下肩上的挎包，忙对老高两口说："爸，妈！今天婷婷生日，我的难兄难弟和婷婷的闺蜜好友要给婷婷办个生日聚会！为了给我们年轻人一个自由的空间。麻烦你二老到隔壁王叔家去串串门。"这就是自己曾以为傲的儿子！老高恨不得抡起手臂，狠狠给他一巴掌，老伴硬是拉住他的胳膊将他拽出家门。

昔日，月圆人不全，今朝，人全月不圆。团圆是否是最好的中秋？老高老两口在中秋的雨夜蹒跚在孤寂的街头，一行行晶莹的水珠顺着脸颊滚进嘴里，掉进心底，只感到一股冰凉。他们说不清是天在下雨，还是人在落泪？

释然

张局长上任后的第一天，就遇到了人生最棘手的难题。这让一向雷厉风行、说一不二的他，一时优柔寡断、举棋不定。

根据工作需要，先前局党委就向组织部递交了公开招聘单位文秘人员的申请。但因老局长重病在床，此事一直被搁置。就在前不久，老局长不幸病逝后，才华横溢的他经组织考察公示，接替老局长上任。

谁知组织部常务副部长宣布他上任的第一天，组织部关于单位公开招聘文秘的批复也同时下达，经组织部批准，同意他们向社会公开招聘一名文秘人员。

信息公开后，报名的人纷飞而至，说情的人更是接连不断，一下子搅得张局长寝食不安。

为了能真正选拔出优秀的人才，经张局长提议，局党委研究决定，采用笔试和面试相结合的原则，从众多报名者中以优胜劣汰的方式选取笔试前三名进入面试，然后录用综合素质最佳者。

为了杜绝掺假，体现本次招聘的公正性，张局长亲自命题、制卷，然后临时借用邻市一所大学的老师监考、阅卷。笔试环节密不透风。最终，石磊、王欢、陆鸣仅以毫厘之差的优异成绩进入面试。面试当中，三人对于考官的询问，不慌不乱，沉着应对，又呈现旗鼓相当的态势。无奈之中，七位局党委成员只好以举手投票形式决定究竟花落谁家。戏剧性的一幕再次出现，除未举手投票的张局长外，面试的三人各占两票，这时其余局党委成员的目光都不约而同射向张局长，那三人的命运全攥在张局长手中，只要张局长举手投向谁，谁就成为最后的胜利者。

张局长此时如坐针毡，层层冷汗从浓密的发梢不停渗出。要知面试三人当中，除石磊外，其余两人都和他存有千丝万缕，不可分割的关系。王欢是他的亲外甥、姐姐的独子。张局长自幼丧母，是姐姐将他含辛茹苦拉扯大的，去年姐夫因车祸不幸离世，丢下一对孤儿寡母。从未张口求过他的姐姐，在笔试成绩出来后，央求他将外甥录用。而陆鸣则是组织部常务副部长的亲侄子，副部长对他有知遇之恩。他先前在单位虽才华出众，但因脾性耿直，常顶撞领导，被领导晾在冷板凳上。是副部长一次去单位视察时，无意中发现了他这颗被埋没的金子，将他调到身边当秘书。这次，也是副部长力排众议，将他推荐到市局一把手的位置。可以说，没有副部长，就没有今天的他。那天副部长送他上任离走时，专门向他交代了关照侄子的事。只有石磊，要不是审查资料显示，他绝看不出那是毕业于省城高校的研究生。那天面试时，石磊是急匆匆跑进的，当时身着沾满灰浆的蓝布制服，头上的安全帽也没顾上卸掉，活脱脱一个农民工形象。后来，听人说，石磊因攒钱给瘫痪的父亲治病，常常利用节假日、下班后去建筑工地打小工。

张局长清楚，面试三人中，不管是他的外甥王欢，还是副部长的侄子陆鸣，他们失去这次机会，以后肯定还会有机会。而唯独作为农民儿子的石磊，若失去这次良机，此生也许不会再有这样的机会。张局长也是农民的儿子，他深知农民的孩子求职之路的坎坷崎岖。思来想去，张局长心底天平的砝码偏向了石磊这个朴实的小伙。他举手将自己的一票郑重投给石磊后长长出了一口气，连日来压在肩头的重担随之而失，他顿觉心头万分轻松、释然。

罪恶之念

当李大富斜躺在校长办公室柔软的太师椅上，双腿翘在红得发亮的办公桌上，正乐呵呵接听朋友祝贺他高升为开发区一小校长的电话时，办公室门突然被推开，随着两名公安人员出示的一张拘捕令，他一下子瘫倒在地。

李大富原是开发区一小副校长，前年开发区二小建成使用后，他曾托关系，想调入二小担任首任校长。后来，他虽然进入了二小，但是职位却没有提升，还是主管教学的副校长。

前不久，传来一小校长年龄到位即将退居二线的消息后，全区又涌出了一大批竞争一小校长的队伍。在这批队伍当中，实力最强的就数一小副校长邢正和他李大富。李大富从外乡镇调入一小任副校长那年，邢正由一小教导处主任提升为副校长，他们两个一个管教学，一个管安全，一起共事了好多年。邢正留给他的映像是：小伙虽少言寡语，但做事雷厉风行，而且为人处事公道、公正。邢正在他面前姿态很低，经常称他为师傅，不断向他虚心请教。同作为校长的副手，起先，他和邢正相处得很融洽，配合得也很到位，他们共同协助校长，带领全体师生，为一小的教育发展创写了一页又一页辉煌的篇章。

自从前年开发区筹建二小后，李大富就瞅准了二小校长的位置。从那时起，他对于热心的邢正常冷言冷语。虽然邢正曾多次表明他无心当一把手校长，但是他总觉得，邢正是他荣升校长之路最坚硬的拦路石，在他心中已将邢正这个竞争者划入敌人的阵营。后来，他调入二小后，每逢节假日邢正总会发短信或微信祝福他，由于内心的阴影，他一直不搭理邢正。

前不久，他听到即将退位的一小陈校长向上级组织部门极力推荐让邢正接替他成为下一届一小校长的消息后，他在心底大骂陈校长和邢正。发泄私愤之余，产生了报复陈校长和邢正，拉他们提前下马的罪恶之念。

要拉他们下马，就要让他们背上严重的处分。为了实施这个罪恶之念，李大富绞尽脑汁，想出了一条绝计。他深知现在的学校，重要的不只是教学质量，更重要的是学生安全。只要学生安全上发生重大事故，上至校长、副校长，下及班主任、科任老师都得背负处分。但是一小的学生安全，自邢正主抓后，可以说是全区安全管理最细致、安全防范最到位的学校。

经过多次蹲点，李大富将目标瞄准了放学回家的小学生。为了实施他的报复计划，李大富苦口婆心说服远在深山老林的表弟入伙。忠厚老实的表弟因妻子没有生育能力，四十多还没有孩子，无法传宗接代而自责、苦恼多年。当他听说表哥可以帮他领养一个七八岁的儿子时，心头一热，就随表哥一起行动了。

他们出山后，从租车公司租用了一辆小车，下午放学后开到一小附近，将二年级学生郑某骗上车。郑某的妈妈和李大富住在一个小区，她常喜欢和李大富的妻子一起去做美容。那天下午临近放学时，李大富让妻子约郑某的妈妈去做美容，导致她错过了接放学回家的儿子。李大富谎称他是帮郑某的妈妈接孩子的，将郑某骗上了车。

　　后来，郑某的妈妈做完美容急匆匆跑学校接孩子时，早就不见孩子踪影。她急忙发动亲朋四处寻找，李大富也热情的加入其中，帮忙寻找。找了好几天也没找到，李大富又怂恿孩子家长去学校闹事。他说学生放学后走失，学校负有不可推卸的责任。再后来，为了安抚受害者的心灵，上级做出了给陈校长、邢正记大过的处分，并免去了他们的职务。李大富经过私下运作，顺利当上了一小校长。

　　谁知，他当上校长没几天，还没过足一把手校长的瘾，刑警就及时破案，天网恢恢疏而不漏，等待他的只有牢狱之灾。

蚊子兄妹灭亡记

人类极度讨厌的燥热的夏日，却成为蚊子的最爱。人类新鲜的血液，成为蚊子夏日的主要食粮。

有一天，炎热的午后，蚊子兄妹随同父母飞入一户人家，准备再次寻机吸食人类的血液，没想到刚一飞进门，就被眼尖的男户主发现。他顺手拿起灭蚊剂对准它们一阵喷射，慌忙逃窜中，它们的父母死于非命。侥幸逃脱的兄妹俩吓破了胆，躲藏在一个阴暗潮湿的角落不敢现身。

几天后，无法忍受饥饿煎熬的兄妹俩，决定再次大胆冒险去觅食人血。这次兄妹俩变聪明了，为了避免再次被灭蚊剂喷杀，它们选中了一幢高楼家有七八个月婴儿的同一层两家住户，兄妹俩觉得，为了婴儿的健康，这两家绝不会使用灭蚊剂。

一周后，瘦骨嶙峋的蚊子兄和肥硕丰满的蚊子妹在楼梯口相遇了，各自诉说着别离后的遭遇。

蚊子兄说，他所在的那家三口，夫妻俩白天不停逗小孩玩，晚上待小孩睡熟后，夫妻俩又轮换轻轻摇动纸扇，不停驱热赶蚊，害得它一直找不到下手的机会，饿得他快皮包不住骨头了。

蚊子妹说，她所在的也是一家三口，不管白天还是晚上，夫妻俩都痴迷于玩手机，以致她多次吸食夫妻俩的血液，可夫妻俩丝毫未曾在意。有时候夫妻俩被她吸食的次数多了，随意用手挠挠她刚叮咬过的地方，又继续玩手机。就这样吸食了好几天，她对夫妻俩的血液失去了兴趣，便改口去吸食婴儿的血液。她说，那婴儿的血液太可口了，养份十足，喂得她白白胖胖。

听了蚊子妹的一番讲述，蚊子兄羡慕得要命。他央求蚊子妹和他相互换个地去觅食。蚊子妹毫不犹豫答应了，她不相信自己觅食不到人类的血液。于是蚊子兄妹分头飞向那两家住户。

蚊子兄飞进屋后，果然发现夫妻俩各自在兴致勃勃地玩手机，他在夫妻俩裸露的腿面相继吸食了一口血后，看到夫妻俩根本无动于衷，他又扑向睡在夫妻俩中间的婴儿，在那圆润的脸蛋上饱吸了几口后，欢唱着飞停到床头去睡觉。这时，一阵清脆的门铃声惊动了玩手机的夫妻俩，他俩打开门，原来是隔壁的少妇抱着小女孩来串门，顺便来看看小男孩。夫妻俩将少妇迎进里屋，少妇对着怀抱的小女孩说："你看看，哥哥睡得多甜，你成天只知道瞎闹。什么时候能像哥哥那样多睡会，让我们大人省省心。"怀抱的小女孩呀呀几口后，伸手去碰熟睡的小男孩，少妇随之看到了小男孩细嫩的脸上隆起的几个血包，埋怨道"你们怎么这么大意，你看孩子让蚊子叮咬成啥样！你们不心疼吗？"夫妻俩不好意思得低头嘿嘿一笑。随着怀抱的小女孩不停晃动的手指，少妇发现了床头的蚊子兄。"啪"的一声响，正在做美梦的蚊子兄被少妇用蚊蝇拍拍死了。

再说蚊子妹告别蚊子兄，满怀信心飞进相互交换的屋后，正四处寻找目标，突然碰在一只伸过来的电子驱蚊拍上，"啪"的一声，便触电身亡。原来少妇在抱着小女儿离家时，告诉男主人，她这些天时不时好像听见蚊子在飞叫，让男主人仔细找找，坚决消灭。男主人在少妇离开后，手持电子驱蚊拍耐力寻找时，没想到蚊子妹自撞枪口。

就这样，蚊子兄妹各自结束了自己短暂的生命，追随它们的父母而去。

第六辑 诗歌天地

父亲的画像 (外一首)

蹒跚的脚步

虽已迈不出昔日的矫健

跋山涉水的足迹

永远烙印我心

结茧的老手

虽找不到先前的灵巧

为我儿时编织的风铃

至今在窗前吟响

弯弯的腰身

虽再背不动百天的孙女

却背负着我整个童年的欢乐

皱褶的脸颊

虽已失去了曾经的刚毅

慈祥的笑容一直未曾衰退

失聪的双耳
接听子孙电话时
才变得异常灵敏
昏花的两眼
翻阅儿孙相册时
才显得格外清晰
我不像对待母亲那样
从未大声喊出你对我的爱
但你永远是我心中的英雄
不是其一
只有唯一

冬夜无眠

孤寂的灵魂

被凄冷的寒风无情扯动

宁静的夜

拒绝了心的栖息

任其恣意穿梭游荡

寻寻觅觅

没有找到天上的明星

却看见了远远的街灯

年的嬉笑

村口两颗古老的槐树
你看看我，我瞧瞧你
他们开心地笑了
在他们灿烂的笑容里
又一个回归的游子
搀扶着守候在村口的老母亲
幸福地走向温暖的家
故乡的小路上
平添了许多感恩的脚印
沉寂了一冬的池塘
四周挤满了花花绿绿的小孩
抓起一把把石子
击碎了她被冰封冻的脸
满目疮痍的池塘也笑了

在孩子们快乐的嬉闹中
她甜甜地笑了
整日忙于劳作的少妇们
此刻坐在镜前不停梳妆打扮
用最美丽的自己迎接最心爱的人
红红的灯笼从村头挂到村尾
浓浓的幸福从脚底蔓延到头顶
树上和心田开遍了花
整个村庄痴痴地笑了

望月思亲

缕缕清凉的月光破窗而入

冰冷了孤寂的小屋

月饼散发着浓郁的甜香

紧裹了月的冰凉

思亲的火苗在漂泊的心间旺长

推窗望月

秋天将思念交给了季节

牵挂

越过九月的天空

在风中嗅到一丝淡淡的乡愁

嫦娥将守候在村口老槐树下的母亲

请到月宫做客

周公将怀抱小孙女逛街的父亲

邀入我的梦境

是谁的思念
扯长了中秋的月夜
头顶异地的明月
面朝故土的方向
我再一次想家

月圆中秋

但愿人长久

千里共婵娟

凉爽的秋风轻轻一吹

个个美好的祝愿化作点点明星

镶嵌在静谧的夜空

独乐乐不如众乐乐

调皮的星星

从唐诗宋词中拽出羞答答的圆月

簇拥着它一起分享中秋的快乐

嚼一口甜蜜的月饼

品一杯醇香的美酒

望一眼高挂的明月

甜蜜的饼香诱惑了广寒宫的玉兔

它偷食了这珍奇的人间美味

踏寻而来的嫦娥

更是醉美在人间醇香的美酒之中

月圆

饼甜

情更浓

这一夜

望月思乡的情怀

挽留了游子漂泊的脚步

庆团圆

赏明月

成为千家万户共同的主题

这一夜

天上的明月醉美了人们的心

人间的美满闹欢了天上的明月

春夜瑞雪

明知

次日清晨随着朝阳的初升

你必将消失得无踪无影

你却仍在当夜悄悄飘落

你用最后一滴眼泪

滋润了干涸的春野

虽是昙花一现

却完美诠释了你告别季节的真谛

好一场春夜瑞雪

住院时光

光阴似箭之类的词语

在此刻丝毫没有用武之地

雪白的床被

亮白的墙壁

眼中看到的除了白色还是白色

不知

是我把白昼守候成黑夜

还是黑夜被我等待为白昼

只倍感度日如年

不在意

室友白昼响雷的打鼾

也不计较

隔房黑夜撕心的哭喊

无论是白昼还是黑夜

眼盯着白衣天使

犹如蝴蝶般飞来飞去的身影

成为我消磨时光的唯一乐趣

往常善于向学生发号司令的老师

今日沦为医生面前听话的学生

即使再爱钱如命的守财奴

在这里

挥金如土也在所不惜

躺在病床上

身体虽在暂短的歇息

心依旧在不停的奔跑

昔日拼命挣钱

今朝用钱买命

当刚强的意志

被无情的病魔瞬间击碎

才深深明白

这个世界

金钱唯一买不到的

就是健康

春天花会开

春天花未开

开学的日子却如期而至

欢乐的校园

缺少了女儿雀跃的身影

一场突如其来的病魔

折断了她羽翼未丰的翅膀

躺在雪白的病床上

任冰冷的点滴肆意侵袭滚烫的血液

斜织的雨滴疯狂地敲打着窗户

企图穿透玻璃的阻碍

抚平女儿臃肿的脸庞

春天用泪水倾吐着对女儿的同情

紧握住女儿的手

我用滴血的心给她鼓劲壮胆

孩子请坚强

病魔并不可怕

可怕的是丧失战胜病魔的勇气

即使身体倒下了

心依旧要展翅高飞

相信春天花会开

你是春天的花

历经风吹雨打

必将在属于自己的春天绽放

想家

襁褓的婴儿
饥饿的时间太长了
就要吃奶
远方的游子
漂泊的日子久远了
便会想家

想家
有一种难言的喜悦
想家
又有一股莫名的惆怅
想家
总在梦里把家寻找
想家

常在心中把家呼唤

每一次寻找常令我泪湿枕角

每一声呼唤总让我心灵震撼

揪心的呼唤

撼动了故乡的土地

思乡的泪水

淹没不掉跋涉的足迹

急切的想家

常令我在夜间爬起书写家信

弯弯曲曲的文字

将父亲褶皱丛生的脸颊

刻在雪白的信笺上

然后将其折叠成一架弓形桥

邮寄给被岁月压弯腰身的母亲

桌前丰满动人的台历

揭开了新年火红的盖头

而我生活的日历

总在重复同样一个故事

——想家

头顶着异地的明月

面朝着故土的方向

我再一次深深地想家

纯朴的乡恋之歌
——读赵锋作品集《青春从此不再迷茫》

杨广虎

　　"二十多年前，正处在花季少年的我，开始对文学狂热的追求，应归结于一个人，一部小说。二十多年后，已迈于不惑之年的我，重新患上文学发热症，仍归结于一个人、一部小说。这个人、这部小说，改变了我的人生，那就是路遥和他的小说《平凡的世界》。"我相信，这是文学"发烧友"赵锋 的心里话。

　　三十年前，我也是一名有些狂热的文学少年。随着年龄的增长，虽然岁月无情，一些事成为记忆，一些人已经不在，文坛也不很景气，但我经常怀念那个纯情炽热的文学年代，当然还有一些朋友之间淡若菊花的珍贵友谊。

　　源于有着一些共同的乡村生活背景，缘于长久以来没有言弃的文学情怀。我读了赵锋的作品集《青春从此不再迷茫》，集中篇目大部分为散文，也有一小部分诗歌和小说，让我们比较全面看到了他的文学才能。

可以说，赵锋作为一名人民教师，一直以来坚持着"文学依然神圣"的梦想，教书育人，感恩社会，抒发着自己善良、温暖的情感。他的文字通俗易懂，真情实感打动人心；无论是《乡村最美母亲》还是《又闻槐花香 难忘槐花情》《这里灯光独明》等等，内容主要涉及母亲、大地、家乡，教育、老师、学生，社会各类底层人物。用自己一颗爱心，关注乡村和底层，书写着心中最原始的爱恋和人间最纯朴的情感。在这个物欲横流的社会，显得弥足珍贵。

当下"文化散文""大散文""在场散文""原生态散文""新媒体散文""行走散文""轻散文"等，各种口号和概念纷纷上演，我想作为一个写作者，应该有自己的定力，有自己的方向，不断丰富内心，甘坐冷板凳，沿着自己的目标一路跋涉，才能取得硕果。

"一路走来，吃过苦、受过累、遭过罪。流过汗、掉过泪、滴过血。失落过、迷茫过、徘徊过。不管怎样，他从未放弃过。一次次跌倒，一次次爬起，他只承认自己曾被生活击伤过，而绝不承认自己曾被生活击败过，在文学漫长的道路上，他即使被击倒九百九十九次，也有第一千次站起来的勇气。"

我没有见过赵锋，因为文字而认识。作为一名小学教师，在各种"应试教育"的挤压下，在繁重的教学之余，淡泊金钱名利，没有随波逐流，依然坚守着自己的文学信念，在平凡的工作岗位，为自己的梦想而写作，给他的文字注入了坚韧朴素的底色和勇往直前的精神。

他不能仅仅停留在"文学发烧友"，还应该扩大视野。在散文的广度和深度上，在人性大美的挖掘上，在社会复杂性的表现形式上，在结构和叙事方式上，在对转型期社会问题的洞察力、对历史的穿透力，思想性以及艺术性上，不断积淀经验，敢于突破自我，扩展新境界，才能写出散文的风骨和气象，写出属于自己更好地作品。

面对文学的高峰，唯有不断跋涉，才能海阔天高，一览众山小；寻着文学之梦的赵锋，不断地在吟唱着自己纯朴的乡恋之歌，在心中，在路上，在这个冬季，让人不觉寒冷。

2018 年 11 月 20 日匆于长安

作者杨广虎，男，硕士，高级经济师，1974 年生于陈仓，1989 年公开发表小说和诗歌。著有历史长篇小说《党崇雅·明末清初三十年》、中短篇小说集《天子坡》《南山·风景》、诗歌集《天籁南山》、评论集《终南漫笔》等。获得第五届冰心散文奖·理论奖、第三届陕西文艺评论奖、中华宝石文学奖、全国徐霞客游记散文奖等。1996 年—2016 年在秦岭终南山生活。现为某上市公司高管、中国作家协会、中国文艺评论家协会会员等。